DEUS NA ESCURIDÃO

VALTER HUGO MÃE

DEUS NA ESCURIDÃO

PREFÁCIOS DE **RODRIGO AMARANTE**
E **CARLOS REIS**

BIBLIOTECA AZUL

Copyright © 2024, Valter Hugo Mãe e Porto Editora
Copyright © 2024, by Editora Globo S.A.

Todos os direitos reservados. Nenhuma parte desta edição pode ser utilizada ou reproduzida – em qualquer meio ou forma, seja mecânico ou eletrônico, fotocópia, gravação etc. – nem apropriada ou estocada em sistema de banco de dados, sem a expressa autorização da editora.

Por decisão do autor, esta edição mantém a grafia do texto original e não segue o Acordo Ortográfico de Língua Portuguesa (Decreto Legislativo no 54, de 1995). Este livro não pode ser vendido em Portugal.

EDITORA-RESPONSÁVEL Amanda Orlando
ASSISTENTE EDITORIAL Renan Castro
REVISÃO Marcela Isensee
DIAGRAMAÇÃO João Motta Jr.

CIP-BRASIL. CATALOGAÇÃO NA PUBLICAÇÃO
SINDICATO NACIONAL DOS EDITORES DE LIVROS, RJ

M16m

Mãe, Valter Hugo, 1971-
Deus na escuridão / Valter Hugo Mãe ; prefácio Rodrigo Amarante. - 1. ed. - Rio de Janeiro: Biblioteca Azul, 2024.
240 p.
ISBN 978-65-5830-210-0
1. Ficção portuguesa. I. Amarante, Rodrigo. II. Título.
24-88760   CDD: p869
             CDU: 82-3(469)

Gabriela Faray Ferreira Lopes - Bibliotecária - CRB-7/6643

1ª edição, Biblioteca Azul, 2024 — 3ª reimpressão, 2024

Direitos exclusivos de edição em língua portuguesa, para o Brasil adquiridos por Editora Globo S.A.
Rua Marquês de Pombal, 25
20.230-240 – Rio de Janeiro – RJ – Brasil
www.globolivros.com.br

para a senhora Luísa Reis Abreu,
a senhora Luisinha do Guerra
para Antónia Rodrigues Alves, minha mãe

"Os que falam de mim dizem que sou pobre
Existo à maneira de uma árvore
Tenho diante e atrás de mim a noite eterna
Vacilo, duvido, resvalo
E sei: a maior parte das vezes o amor nasce do erro
transcreve-se a azul ou a negro
sobre passagens, casas inacabadas, alturas remotas

Observá-lo apenas serve para tornar contundente a sua
forma nunca exactamente igual
a sua incrível velocidade destacada no meio do nada
enquanto a noite se desmorona
sempre mais bela"

JOSÉ TOLENTINO MENDONÇA,
Estação Central, Assírio & Alvim

Sumário

Prefácios

11   Rodrigo Amarante

15   Carlos Reis

PRIMEIRA PARTE
O nascimento de Pouquinho

25   **CAPÍTULO UM**
O menino sem origens

37   **CAPÍTULO DOIS**
A terra vertical

47   **CAPÍTULO TRÊS**
Minha mãe vai educar este dinheiro

65   **CAPÍTULO QUATRO**
Praticar a teimosia

77   **CAPÍTULO CINCO**
A menina na garrafa

89   **CAPÍTULO SEIS**
As Repetidas

95   **CAPÍTULO SETE**
Íamos para fora da infância

103   **CAPÍTULO OITO**
Saber mais coisas do que trinta baleias ou cem lobos

111   **CAPÍTULO NOVE**
A pitanga como sagrado coração

SEGUNDA PARTE
O evangelho segundo aqueles que sofrem

125 **CAPÍTULO DEZ**
Deus na escuridão

131 **CAPÍTULO ONZE**
Os Poucos

143 **CAPÍTULO DOZE**
Aqueles que fabricam

159 **CAPÍTULO TREZE**
Apareciam

171 **CAPÍTULO CATORZE**
O mar em passagem quando tropeça

183 **CAPÍTULO QUINZE**
O futuro é uma riqueza universal

189 **CAPÍTULO DEZASSEIS**
Deus cometeu esse amor por mim

TERCEIRA PARTE
FELICÍSSIMO IRMÃO

207 **CAPÍTULO DEZASSETE**
Mil anos sem ninguém

219 **CAPÍTULO DEZOITO**
O corpo de Cristo

223 **CAPÍTULO DEZANOVE**
Caminho de casa

233 **NOTA DE AUTOR**

PREFÁCIOS

Este livro tem um encanto. O que ele diz, e como ele diz, são a mesma coisa, como se precedesse a língua, como num sonho, inteiro como uma ilha, eterno enquanto dure. Este livro tem um encanto, eu digo isso sendo exato. Não para me escorar esotérico num elogio malandramente vago, a confinar sua graça no sacrilégio de seu sentido figurado. Com isso eu não brinco. Por isso eu me acanho em falar dele, o faço de lado.

O que eu posso dizer é que, o que o Valter Hugo Mãe faz aqui com as palavras em *Deus na escuridão* eu só vi acontecer uma vez, em 1991, no estacionamento de um aglomerado de comércios em Fortaleza, na ocasião de uma quermesse a que eu e a minha irmã Marcela nos prestávamos, carentes de aglomerações que éramos, ali recém-chegados, quando ela, sempre a vanguarda entre nós, deu-se a ser hipnotizada pelo homem que até então nós só soubemos caçoar, muito a custo da fleuma resplandecente de seu traje, seja dito, arrebatadora a sua cintilância, mas tanto pela sua teimosia em contestar a tristeza naquele endereço tão inóspito ao seu encanto, ostentando quantos de seus dentes a sua feição soubesse emergir, como se a sua aversão à melancolia lhe fosse vital.

Nós não assumíamos outro jeito de gostar dele, outra maneira de olhar para aquele moço de tão perto que não a de sacanear-lo. Nosso querer era destrinchá-lo em nosso assunto, fazer dele uma bagunça, enquanto ainda não perdíamos a vergonha de elogiar. Nossa curiosidade era ainda feita de dentes. Dentes de leite.

Eu não voltei mais a esse dia, mal me lembrava que existia, quiçá trazer dele alguma distância. Era como uma memória num cheiro, que não chega a ser lembrada. Foi eu me botar na frente de *Deus na escuridão*, este mercúrio, espelho vivo onde está a nudez do meu sonhar disperso, e eu fui levado, como foi a minha irmã pelos olhos do moço das lantejoulas, num feitiço, arisco, invertebrado, ela acreditando com os sentidos, eu não desacreditando de nada.

Isso foi a voz desse menino, o Paulinho dos Pardieiros, que nos traz pela mão em *Deus na escuridão*, subindo e descendo a seu mundo íngreme cercado de distância por todos os lados. De tão particular ela nos pertence em outro plano, de tão precisa e plena, ela soa como uma coisa que se pensa, não uma coisa pensada. E ouso dizer: ela me parece a depuração do que o Valter Hugo Mãe vem há muito escrevendo, querendo dizer. O Paulinho fala a partir de um amor imenso pelo seu irmão Serafim, que entende santo, seu eternamente recém-chegado irmão mais novo, um amor, que de tão inteiro é maior do que a palavra que o quer contido, maior que o seu saber alguém ser amado. É o amor que as mães não sabem desaprender, que como fosse o de deus, invade tudo e em nada cabe, que é esse eterno movimento.

O Paulinho passa correndo pela frente do espelho pendurado em sua casa. Ele tem medo daquele aço frio, o breu de não se saber amado, por onde cisma em procurar-se o seu pai, se olhando ao avesso, dizendo absolutamente nada. O seu medo de enxergar-se outro, ser por ele guiado, ficar preso como seu pai naquele estado, era também o meu. Até o Valter Hugo Mãe me sonhar acordado. Ali eu me vi inteiro, e chorei o pavor de ser o amor que me foi dado.

A Marcela não falou mais nada daquilo que naquele dia tinha lhe passado, segundo ela, por medo que a luz do dia lhe derretesse as asas, como fazem as palavras com os sonhos. A única coisa que disse, logo que voltou à sombra onde eu estava, foi que as coisas que a gente vê no mundo caem para dentro dos olhos de cabeça para baixo, e que nós as reparamos do jeito que sabemos ver.

Em *Deus na escuridão*, eu soube me lembrar de quanto amor eu guardei, e o medo dele, por tanta coisa, e tanta gente. Por aquele moço de paletó espelhado que naquele dia eu não soube ter, mas que jamais pude largar. O que o Valter Hugo Mãe faz com a nossa língua portuguesa aqui eu não sei dizer, mas é preciso.

Rodrigo Amarante

O Deus maternal de Valter Hugo Mãe

1. Um romance pede, em princípio, uma leitura que comece pela primeira página e pelo chamado *incipit*. É lá que, muitas vezes, estão concentrados sentidos embrionários que o desenvolvimento do relato trata de ordenar e de aprofundar. No caso de *Deus na escuridão*, de Valter Hugo Mãe, proponho um exercício que, com base numa prévia leitura integral (a tal que se inicia nas linhas de abertura), contempla o capítulo central, o décimo, em que se diz: "Deus é exactamente como as mães. Liberta Seus filhos e haverá de buscá-los eternamente" (p. 125).

Este é um momento decisivo do romance, sendo claro que se suspende ali o curso da história, para se dar lugar a uma densa explanação doutrinária, onde emergem sentidos axiológicos claramente enunciados: a conceção de Deus como expressão transcendente de maternidade, a simétrica postulação da mãe (de cada mãe concreta) como expressão de divindade, por fim, a afirmação de uma axiologia da omnipresença, da vigilante dedicação e da constância de Deus autoinvestido de cuidado maternal: Deus "avisa contra tudo e cria memórias, para que os filhos se lembrem d'Ele mesmo em lugares onde nunca haviam estado antes e estabeleçam sempre um mapa que os esclareça para fora de qualquer labirinto" (p. 125). É este o Deus na escuridão, conforme reza o título deste livro de Valter Hugo Mãe.

2. A leitura de um romance acabado de publicar é uma acrobacia sem rede. Essa primeira leitura faz-se em função de uma atitude de despojamento, sem bibliografia de apoio nem opiniões conhecidas. Este que parece ser um ato de "virgindade" interpretativa aproxima-se daquilo que a crítica anglo-americana dos anos 30 e 40 do século passado cultivou como "close reading", quando estava em causa o corpo a corpo com o texto, sem mais. Como quem diz, o texto por si só. É disso que se trata, nesta primeira leitura.

E, contudo, a leitura de um livro em que ainda se sente o delicioso cheiro da tinta dificilmente é inocente em absoluto. De Valter Hugo Mãe sabemos ser um escritor com ampla receção e já com importante fortuna crítica, o que explica que ele seja um dos nomes com maior e mais consistente reconhecimento, no contexto da sua geração.

3. Feitos estes avisos à navegação, dou atenção a discursos paratextuais que acompanham aquilo que, com o título *Deus na escuridão*, também é, para todos os efeitos, um objeto material, com corpo, com membros e com "respiração". Faz parte do mencionado aparato paratextual a informação que nos diz estarmos perante um dos membros da tetralogia *Irmãos, Ilhas e Ausências*, que inclui *A Desumanização* (2013), *Homens Imprudentemente Poéticos* (2015) e *As Doenças do Brasil* (2021). O que sugere uma sequencialidade virtualmente narrativa, configu-

rando o desenvolvimento parcelar de uma semântica compósita.

De facto, os temas da fraternidade e da insularidade (e, mais difusamente, o da ausência) são estruturantes em *Deus na escuridão*, com o complemento de uma nota-posfácio do autor. Estando colocada naquela posição e, supostamente, lida em último lugar, ela confirma motivações e afetos que dão um significado retroativo à mensagem dominante da história. Ali, Valter Hugo Mãe lembra uma última conversa com a amiga desaparecida e aquilo que então lhe disse: "Todos deveríamos amar como amam as mães, que julgo ser como Deus ama" (p. 235). Efetivamente: tal como se nos apresenta, o romance *Deus na escuridão* é uma comovente, singular e ousada história de amor. Ou de amores, em vários registos.

Confirmo o que fica dito, convocando outros paratextos e dispositivos de composição, nomeadamente, a dedicatória a duas mulheres. Numa calculada oscilação entre o referencial e o ficcional, as dedicatárias são figuras reais, a senhora Luísa Reis Abreu e Antónia Rodrigues Alves, a mãe do escritor, e ainda uma figura ficcional, a senhora Luisinha do Guerra, que decorre da primeira; à segunda associamos aquele estatuto de divindade (recordo: "Deus é exactamente como as mães") que, segundo Valter Hugo Mãe, a condição materna justifica e o texto ficcional glosa. O desvanecimento das "fronteiras" (não prescindo das aspas) entre real e ficção é, como se sabe, uma das dominantes da ficção das últimas décadas, umas vezes com propósito paródico ou provocatório (não é este o caso), outras com intuito crítico e ideológico, outras ainda com força testemunhal, eventualmente com carga afetiva e mesmo confessional. É neste campo que

Deus na escuridão se insere.

Foi ele quem escreveu, numa sua rede social, o seguinte: "a senhora 'luisinha do guerra' é, para mim, um testemunho de resistência e santidade, porque a santidade não é apenas fazer milagres, é sobretudo fazer tudo de boa fé. o certo e o errado, tudo de boa fé." Por uma coincidência que dá que pensar ou por um superior e insondável desígnio (de um Deus na escuridão?), aquelas palavras foram escritas horas antes de o romance chegar às livrarias, tendo isso acontecido no mesmo dia em que foi conhecida a morte da pessoa a quem a personagem dá sobrevida ficcional. Devo dizer que não costumo dar importância às *petites histoires* de que se alimenta alguma crítica; neste caso, porém, valorizo a instância do acaso, porque acredito que nele estão inscritas, não raras vezes, razões e sem razões que explicam as nossas vidas e até aquela vida coletiva a que chamamos História.

Deixo para depois a inevitável referência ao poema de José Tolentino Mendonça que serve de epígrafe a *Deus na escuridão* e completo o que já disse sobre este título. Sem verbo que a dinamize, a frase-título sugere uma presença discreta: Deus está na escuridão, em posição de ocultação e de vigilância, uma vigilância que é protetora e não fiscalizadora. É isso que o oximoro confirma, ao contrapor Deus e a sua luz às trevas em que estão mergulhadas existências humanas marcadas pela carência, pela ignorância e pelas provações.

Note-se que o capítulo que dá título ao romance está situado no exato centro do relato. Antes dele, estão nove capítulos; depois dele, outros nove. Fixa-se, deste modo, a placa giratória ou o eixo do mundo narrativo de *Deus na escuridão*, no início de uma segunda parte cujo título, "O evangelho segundo aqueles que sofrem", acentua a presença do paradigma religioso (e bíblico) que rege o romance.

4. O mundo narrativo de *Deus na escuridão* é configurado em função da arquitetura da ilha e do seu apelo para o abismo, sendo aquela uma "Terra vertical" (cap. II), cenário de trajetos de vida em equilíbrio instável. Exatamente: à beira do abismo vive a família; a mãe é a entidade tutelar legitimada como eco da divindade e o pai a figura silenciosa que "amava pela fome" (p. 97).

O centro deste mundo é Pouquinho, alcunha de Serafim, por ter nascido "sem as origens" (p. 25). Sem órgão sexual, entenda-se, tal como é revelado por um narrador, Paulinho, o "felicíssimo irmão" de quem se diz ser "néscio", atributo que não cancela a sabedoria (narrador, de *gnarus*, o que sabe) necessária para contar a história. Nela, relata-se uma experiência coletiva e solidária da fome (quando não havia que comer, "ficávamos abraçados, calados, como se apenas esperando que o tempo mudasse para uma abundância maior"; p. 142) e da vida num pardieiro que é habitado, todavia, pelo amor fraternal e pela sua santificação. Nele, "o mundo inventava maravilha. Era abrir os olhos para a saber ver. Eu abri os olhos e pensei: tarda nada se vai deitar aqui o nosso santo. E eu vou poder dizer: boa noite, meu irmão. Deus te cuide" (p. 63). Ainda outra presença, que é um *leit motiv* quase obsessivo: um espelho carregado de sentidos dispersivos alimentados pela imaginação infantil. Provêm dele a imagem outra e o conhecimento invertido, a identidade e a diferença, a atração e a vertigem, a expectativa e a frustração; depois, a perda do espelho instala o silêncio, a quietude e a hipótese de regresso do pai ausente.

Para além disto, o mundo narrativo de *Deus na escuridão* exibe a componente feminina e matriarcal inspiradora de um vigor maternal que conforta a pobreza: "As casas mais simples, quando dominadas por mulheres, superam muito a pobreza ou fintam a beleza com a ternura" (p. 172). As mulheres são a Luisinha do Guerra, a senhora Agostinha, Délia e Rosinha e ainda, em contraponto disfórico, a Baronesa "inexplicável" (p. 91), "antipática e achacada a fúrias" (p. 48), mais as criadas submissas e "feitas de arrepios" (p. 89), duas personagens que, sendo figuras secundárias no romance, atestam, pela sua composição e se mais não houvesse, o talento de um romancista.

5. Em *Deus na escuridão*, a falta e a carência vão além da fome, da existência precária, da escassez de bens materiais e do risco de vidas à beira do abismo. Ao menino que nasceu sem órgão sexual, falta até o nome próprio: quase sempre omite-se que ele é Serafim. Justamente: o anjo de seis asas a quem, no nosso imaginário, a condição angélica impõe a ausência da sexualidade. Ou a sua neutralização. Num mundo em que abundam as alcunhas que configuram a caricatura e a irrisão, Pouquinho é duplamente diminuído: pelo apodo e pela mutilação da virilidade que procria.

A compensação para aquela mutilação chega de forma indigna, assim o ajuíza a comunidade, mas sem desonra para quem a vive. Por vontade de Pouquinho, Felicíssimo, o irmão que isto conta, será o pai biológico do filho de quem o não pode gerar. "Deus cometeu esse amor por mim", chama-se assim o capítulo em que tudo se consuma, quando Felicíssimo sente invertida, por antífrase, a sua condição e mergulha na tristeza: "Nunca se vira alguém ser feliz por tão grande tristeza" (p. 191).

Aquele "Deus que cometeu esse amor por mim" é um Deus no silêncio; está atento e inventa o amor, com os vários rostos que ele tem e os homens não entendem. Diz Paulinho, o irmão-narrador: "Oferecer um filho ao meu irmão santo, para que fosse um filho santo e abençoasse sua vida, nunca parecera certo, mas a imitação de um milagre por desmesurado amor" (p. 194). Um amor que não alcançam aqueles que gritam: "porco, nasceu teu filho" (p. 219).

7. E assim, finalmente, o poema-epígrafe de José Tolentino Mendonça com que tudo começa ganha um sentido conclusivo.

O que este romance admirável de Valter Hugo Mãe nos diz, no ritmo lento e largo do relato, é também, como o poeta, aquele amor que "nasce do erro" e que, em "forma nunca exatamente igual", escapa ao entendimento dos homens. Menos ao daqueles a quem o "Deus na escuridão" protege, como uma mãe silenciosa. Diz o poeta, na primeira estrofe do poema-epígrafe: "Os que falam de mim dizem que sou pobre / Existo à maneira de uma árvore / Tenho diante e atrás de mim a noite eterna / Vacilo, duvido, resvalo / E sei: a maior parte das vezes o amor nasce do erro / transcreve-se a azul ou a negro / sobre passagens, casas inacabadas, alturas remotas".

Carlos Reis

PRIMEIRA PARTE
O nascimento de Pouquinho

verão de 1981

CAPÍTULO UM
O menino sem origens

Pouquinho nasceu sem as origens. Era inteirinho um menino, mas vinha mordido entre as pernas como se algum predador o tivesse buscado na barriga de nossa mãe. Quiseram muito esconder de mim. Doutor Paulino inventava ordens para manter minha infância incólume, mas o susto pelos rostos me explicava que meu irmão nascia aleijado. Eu quis descer sobre ele como uma casca, uma carapaça, uma casa, uma mãe, e deixá-lo demorar. Talvez fosse de continuar a nascer mais tarde. Poderia não ter nascido por completo. Igual às árvores, certamente deitaria as origens como um fruto quando chegasse à adultez. Teríamos apenas de esperar. Por outro lado, pensei que, se era por ali tão vazio, cresceria para ser uma menina. Ia ser seguramente uma menina. Era preciso prever-lhe um nome de duas vias, deixar que maturasse nessa liberdade ao invés de obrigar a cumprir o que não podia ser cumprido. O doutor dizia que nos antigos, em tempos feios, as famílias paravam os pulmões a estas crias com a palma da mão no rosto, para que elas fossem nascer directamente no Paraíso. Diriam às pessoas que nasceram com Deus. Estavam entregues. Bem o pude escutar desde a cozinha, aninhado no meu colchão para onde me confinaram. E mais se debatia e mais matança se dizia, e eu sentia que espiavam entre suas pernas e abriam a boca de espanto, tristeza e condenação. Miseráveis como os tontos.

As barrigas das mães não eram para visitas mordedoras. Predadores dentados não se atreveriam a chegar-lhes perto. As mães são mais que ferros e mais que tubarões, mais que crocodilos e mais que dinamites. De todo o modo, o doutor garantia que Pouquinho seria sempre assim, abreviado. Não daria lugar a muito tamanho. Falaria fino, ia sofrer como outros aleijados. Certamente triste ou severamente prejudicado na felicidade. Sua normalidade ia ser enfermiça, cansada, até desfeando de amargurar e matutar em demasia. Ia pedir muito remédio e exame. Muita ida ao consultório e certamente internamento no hospital.

Horas antes, eu correra nossa encosta abaixo e depois estrada fora até a Cima da Rocha a buscar o doutor. De tão urgente, eu gritei que era o santo a nascer, porque as crias eram santas, ou o meu amor por meu irmão inventava uma expressão assim. Fora instruído para não sentir ciúme, não magoar com ser preterido. As crias solicitam tudo, ficam luminescentes nos braços das mães, são corpos celestes incandescentes que dominam as casas. Quando nasce uma cria, há um planeta com seu nome onde só sua mãe habita. Eu, no entanto, era sobretudo sozinho, e a ideia de nos chegar alguém, alguém que seria dos nossos, feito de nossos rostos, a meias com nossos narizes e olhos, queixos largos e lábios finos, era a ideia mais incrível, como se o próprio Deus nos desse visita, nos cedesse pedaço de seu corpo. E foi como eu gritei a doutor Paulino: Serafim nosso vai nascer. Um pedaço de Deus. O próprio corpo de Deus que se divide entre nós. Na nossa casa. O doutor que venha, por favor. Minha mãe chora e não respira.

O nascimento de uma cria é negociado pelos deuses num jogo de xadrez. Deuses, tantos, entre serem bons e serem maus, apostam pela alma que se inventa e estremecem o chão. Por isso, as mães suspeitam que a montanha moveu, a casa oscilou, o próprio verão pode abrir uma tempestade, o mar sobe até às bananeiras. Dá nos abacateiros. No carro, explicando ao doutor o que era a pressa de nascer, eu contava que os deuses discutiam tudo agora mesmo. Agora mesmo. E qualquer gesto que fizéssemos haveria de influir no sentido de ganharem os bons ou os maus. O homem sorria e sossegava-me. Nasciam mil crias na ilha, todas tinham propensão para a sorte. Não haveria de ser Serafim nosso a falhar. E se os muito pobres fossem escolhidos para a desgraça. Eu perguntava. Que já era a pobreza uma indicação para sermos desfavorecidos nas graças. Nem que por precaução, valia que corrêssemos.

Subimos pelos Falhocas, até ao fundo, onde já não se pode conduzir, e deitámos pernas às veredas para nos levantarmos na encosta, Buraco da Caldeira acima e adentro. Carregávamos duas pequenas maletas, onde se metiam tesouras e outros cortantes que endireitavam as carnes e as suturavam. Tudo ali era de meter medo. Mas nenhum medo haveria de me fazer de fraco. Na leveza de meu corpo, habituado a empoleirar-me para casa, segui bastante adiante, barafustando urgente para anunciar que chegávamos. Meu pai veio à porta, à vista de nosso precipício, e imediatamente nos gritou que a cria era nascida. Era nascida. Saíra da barriga de nossa mãe sumária e toda. Fora tão naquele instante que faltava

DEUS DA ESCURIDÃO 27

cortar o cordão umbilical e talvez outras estruturas que eu não saberia entender. Podiam ser as coisas cómodas de ficar por dentro de uma barriga, coisas de um quarto ou casa que se habita ali encolhidamente. O doutor cortaria tudo com ciência.

Quando me precipitei quarto adentro, foi que vi o susto em minha mãe. Se meu irmão era um planeta onde só ela seria cidadã, meu irmão não teria atmosfera, seria ainda vulcânico, teria feras à solta que a caçariam, talvez não tivesse sol por perto, fosse sempre noctívago, às escuras, afogado, ínfimo, talvez, onde ela não tivesse nem como sentar. E, como se mostrava a doutor Paulino, eu também vi. Serafim não tinha senão um corte irregular. Uma marca de algum desaparecimento que não lhe acabara a masculinidade. Ficara suspenso, certamente excluído, talvez até morrente, sem destino, sem mais nada. Foi o que perguntei: ele vive. Doutor Paulino mandou: caminha daqui, buzico, vai aquecer água. Ordem que só valia para me ajudar ao espanto. Mas eu espantara sem regresso e começara a fazer minhas contas para, sem o saber nem saber explicar, salvar a vida de meu irmão mil vezes mais mil vezes.

Sem que mo recomendassem, por minhas ganas e em socorro, deitei a boca ao precipício e apupei a quem pudesse ouvir: uuuuhhhh, nasceu o menino. Uuuuhhh, nasceu o menino. E pela encosta abaixo, fundo, fundo, até ao calhau, e mesmo pelo mar e para dentro do mar, para dentro dos peixes, se fez ouvir minha voz, e toda a vizinhança começou a levantar-se nas veredas para felicitar Mariinha dos Pardieiros. Algumas pessoas levariam horas a chegar a nossa casa, tão íngremes nossas terras, tão absurdamente altas. Bastantes pessoas apupavam de volta vivas de alegria, tantos vivas de alegria se começavam a ouvir pela pequena janela do quarto aberta. E minha mãe chorava confrontada com aquela alegria, e eu pensava que não se podia debater a matança. Que não podíamos parar de influir no xadrez dos deuses, porque apenas um Deus nos desengana. Meu pai assomou dizendo: Paulinho, vem para dentro. Faz silêncio. E eu respondi: pai, o senhor que me deixe continuar a gritar. Não teremos nunca notícia melhor para dar ao mundo. E, para criar ainda mais alegria, eu disse: viemos de carro. No carro de verdade do doutor. Vi à janela as casas que ficavam para trás como se fossem elas a correr pelas bermas. Pai, Serafim nosso vai andar de carro um dia, não vai, doutor. Eu perguntei. Ele vai até ao Funchal e, se calhar, vai a Lisboa. Haveremos de ir ao país, a ver o país, não vamos, pai.

Com meu chamado, a primeira a subir foi a senhora Agostinha do Brinco, cuja casa era descida à nossa. E a senhora Agostinha vinha pela vereda e já perguntava: Paulinho, é lindo, o teu irmão. E eu dizia: muito lindo. É gémeo de Deus. E ela entrou em casa, e havia um gemido pelas bocas dos adultos, confusos, sem conseguirem acreditar que meu irmão era abençoado. E eu mais folia tinha de fazer para que fosse abençoado. E a senhora Agostinha, antes ainda de entender que a cria nascera sem origens, sempre gentil e bondosa, só dizia coisinhas boas e pela metade. Tudo tão cheio de carinhos que podia ser feitiço à difícil felicidade.

Como eu não me calava, boca atirada ao precipício esclarecendo quem vinha, meu pai me puxou por uma orelha para dentro e me fez doer. Meu pai imenso, homem limpo, fabricador, tão calmo, puxara por minha orelha e doera tanto que eu senti que, no xadrez, algum deus mau fizera uma jogada importante. Eu sofri por isso. Olhei para nosso menino embrulhado num pano escuro, seu rosto quieto, a pele encarnada, e temi tanto por ele que poderia também chorar. Pai, vigie, ele vai ter o nariz, a boca, o queixo, os lábios, tudo a meias com a gente. Vai ser a meias como nós. Não são assim os irmãos, senhor, meu pai. Vigie.

A senhora Agostinha, que tantas vezes me sobrevivia com uma sopa quando meus pais iam a assuntos distantes e eu medrava à espera, compadeceu-se de meu ar subitamente desolado e perguntou: gostas de teu irmão, Paulinho. Gostas. E eu disse: sim, senhora Agostinha. Eu gosto muito. É o próprio corpinho de Deus. Veio viver com as nossas pessoas. Então, a mulher perguntou: e estás triste. Eu disse: não. Estou felicíssimo. E como não haveria de admitir o contrário, disse com tanta convicção que praticamente gritei: eu estou felicíssimo. Então, foi que chorei num instante. Um amuo de cinco segundos que jamais me haveria de distrair do ofício de, de algum modo, jogar xadrez.

A partir de então, eu seria conhecido como o Felicíssimo Irmão, o Felicíssimo. Felicíssimo dos Pardieiros. Irmão de Serafim, que, por ser abreviado, todos chamariam de Pouquinho. O Serafim do Pouquinho, ou o Pouquinho dos Pardieiros. Sensível com meu choro, meu pai me apertou, e eu entendi que ele não tinha maior ciência do que a de sofrer e esperar. Era escusado pedir-lhe mais. Eu que disse: vamos crescer muito iguais e fabricar como dez homens cada um.

Levantou-se à nossa casa a senhora Luisinha do Guerra, devagar e rebrilhando, porque acontecia de também estar grávida naquela altura. Escutávamos a senhora

Luisinha com devoção, porque os santos aprendiam por ela a santidade. A gente sabia. Até os milagres se inspiravam na sua simples normalidade. Tinha muita higiene com Deus. E ela trouxe umas semilhas e talvez um pouco de posta de atum, algo que seria uma fortuna para a nossa fome. E minha mãe dizia: senhora Luisinha, não era preciso. Mas Luisinha era tantas vezes a caridade de nossa terra. Remediada com sua venda, onde mercava aguardentes e pesticidas, era tantas vezes a única que podia praticar a caridade para além de orações e uma palavrinha de piedade. Minha mãe exclamava: vigie, o que nos havia de se acontecer. E ela respondia: toda a vida será explicada mais tarde, se Nosso Senhor assim fez, Nosso Senhor assim o sabe. O que nos compete é a gratidão. Quem é grato é sempre feliz.

À porta, espreitando com seus olhos claros, Nhanho, o buzico de senhora Luisinha, curiosava para tudo, e eu disse: vamos assanhar o fogo, que meu pai mandou pôr uma sopa. A nossa casa era a mais pobre de todas do Campanário. Mas havia semilhas e couves, havia cenouras. Meu pai trouxera dos poios. Demolhara feijão. Era importante cozinhar para fortalecer minha mãe. E eu cozinhava havia muito. Eu disse: Nhanho, meu irmão nasceu sem origens. Para seres meu amigo, promete que nunca vais humilhar ele. Nunca vais humilhar meu irmão. Se não prometeres, prefiro que caias na Caldeira, que vás embora, nunca mais te falarei. E Nhanho respondeu: prometo. Coitadinho. E eu disse: e promete que nunca mais vais dizer que é coitadinho. E Nhanho perguntou: o que é que posso dizer. E eu respondi: podes dizer bom dia e olá, podes dizer que está calor e podes rir e até querer apanhar mais pitangas do que nós. Podes dizer coisas normais. Porque o meu irmão é todo igual às pessoas normais. Vai crescer assim, e mais

DEUS DA ESCURIDÃO 31

nada. Nhanho disse: e vamos mostrar-lhe os maracujás-
-banana. Vai descobrir como são doces e andar-lhes aos
beijos como nós.

Assanhámos o fogo até fascinados com sua violência.
Naquela tarde, apetecia alimentá-lo com fúria. Tanta
coisa queimaria, se pudesse.

E mais vizinhança chegava, e já todos iam sabendo
do que era do crio, indefinido de futuro, arrevesado
entre ser menino e purificado para anjo. Não ia fazer
vergonha. Teria um corpo sem desejo, como o das flores.
Por mais belo, bom, educado ou feliz, atravessaria sua
vida, certamente encurtada, como quem exerce a purga
sem parar. Pouquinho ia ser da ordem dos bichos sem
malícia, igual aos caracóis ou às camélias, às borboletas
ou aos carvalhos, às ovelhas ou aos dentes-de-leão. Ia
ser tão limpo e sem culpa que haveria de comparar-se
ao valor da paz.

Servimos sopas e agradecemos muito a quem apareceu.
Sorrimos e mais sorrimos para não desistir. Juntei
meu braço à mão de meu pai, tão alto e tão forte, quis
que fôssemos uma só barreira, uma só coisa, para
que soubessem todos como seríamos firmes diante do
desafio, porque ele só aumentava nosso amor. O meu pai
que me ensinara. Amamos mais o que vemos em perigo.
Amamos mais quem vemos em perigo. Somos feitos
para aumentar de coração perante a família que sofre.
Por vezes, nem tripas levamos dentro, nem estômago ou
rins. Somos tão ocupados por amar alguém que nenhuma
função desempenhamos senão a de amar, e todo nosso
interior é o coração dilatado, esforçado como um touro
jovem que se disfarça em nosso aspecto mais frágil.

Quando saíram, mais tarde anoitecendo, meu pai calou-se demasiado. Estava na cadeira diante do espelho e tinha em si mesmo um adversário. Pela primeira vez o vi assim. O modo como se espiava a si mesmo, medindo qualquer coisa no seu rosto, na versão imaterial que o espelho criava, como fantasmagoria ameaçando desobedecer. Pelo que esperaria, Julinho dos Pardieiros, que pudesse estar por detrás de seus olhos. Eu perguntava-me. Contaria com a força que deveras teria ou com a força que pudesse haver em sua cópia perfeita, feita sem carne nem sangue, feita sem ossos nem calor algum, apenas aquela ameaça estranha de estar ali tão perto e poder substituí-lo, poder abatê-lo. Poder vencer na disputa por significar alguma coisa no gesto seguinte. E se fosse o meu pai no espelho, do lado de dentro do espelho, quem movesse um dedo de seguida. O primeiro a mover. Nem que uma ínfima mexida. Só o bastante para comandar o súbito desespero do meu pai sentado na cadeira velha. Só o bastante para passar a mandar em tudo. Meu pai via-se para tão longe que só poderia estar feito de distância.

Escutávamos a respiração do buzico. Um quase nada gemido igual aos gatos, o mais pequeno gesto de ar. E assim ficámos. Os meus pais e eu, ensombrecidos, debruçados sobre o rosto dormente do crio, a sofrer em busca da alegria até ali tão aguardada.

Perguntei: mãe, o buzico hoje já dorme no nosso colchão. E minha mãe respondeu: ainda não. Quando estiver mais satisfeito de ter nascido, dormirá. Fora sua primeira promessa. Partilharia comigo o colchão no canto da cozinha. Seríamos companhia assim de perto.

Imaginei meu irmão como ficaria pequeno em seu casulo de panos, ao meu lado. Haveria de parecer um ovo ainda por eclodir. E eu esperaria. Deitaria os braços em seu redor, fechados como um fosso em torno de um castelo, e esperaria. Nenhum guerreiro atravessaria meus braços. Nenhum cavalo os poderia saltar. Meus braços seriam como em fogo, queimariam todas as bestas que ali procurassem pôr o pé. Fariam mais labareda que os dragões. Seriam tão fundo quanto nossa Caldeira. Dariam medo a leões e não se trepariam por macacos de espécie alguma. Nenhuma toupeira ou sequer minhoca escavaria sob. Não passaria nem vento, nem uma palavra maldita, que eu ali estaria atento para mandar calar. Meus braços seriam ternos e fortes. Valeriam mais do que leis, governos ou polícias, contra quaisquer poderes que quisessem vir depredar nosso santo, esse ouro inacabável.

Os irmãos, haviam-me explicado, são uma companhia para sempre, para depois da morte de todos os mais velhos. Quando eu houver de ser velho também, quando tudo se houver de tornar desconhecido, meu irmão perdurará. Por meu sangue e por afecto. Perduraremos e saberemos lembrar e honrar as mesmas pessoas e as mesmas coisas. E teremos a glória de haver superado o que nos quis abater. Carregaremos a dignidade de nossa família, seremos tudo quanto houver de nossos pais e diremos cada palavra como corais, esse colectivo de gente que conterá sempre Mariinha e Julinho dos Pardieiros. Para onde formos, seremos muitos. Orgulhosos e muitos. Nossa boca dirá por todos.

A senhora Agostinha soprava suas pedras.

Tão asseada, tão delicada a melhorar o mundo, a senhora Agostinha do Brinco soprava as pedrinhas e as flores de seu jardim para as embelezar. Uma a uma. A despedir-se e a desculpar-se pela noite. Tinha carinho por cada bicho, planta e cada coisa. Mesmo que fosse algo morto sem vida, aquilo que nunca viveu, ela acreditava ter serventia para Deus e cuidava. Todas as atenções cuidavam de Deus. De algum modo, para onde quer que soprasse, era beijo em Deus. E Ele haveria de saber dela tão bem quanto se evocasse uma prece. Talvez por ainda esperar um amor, sem amor ela era uma generosidade deitada ao mundo. Teria alma de algodão. Incidia mansa em todas as coisas. Cumpria os dias abnegada de emoção.

Eu pensei que, no seu respirado ténue e baixinho, Pouquinho soprava o mundo de sua poeira. Fazendo só beleza. Por ser alguém bom. Alguém muito bom que nos traria o bem.

Acenei à senhora Agostinha, que nessa noite se entristeceu por nós. Pratiquei a gratidão. Tive esperança só por isso.

Fui deitar.

CAPÍTULO DOIS
A TERRA VERTICAL

A mitologia conta que, quando encontraram a ilha da Madeira, não puderam adentrar a mata de tão espessa. Por canto nenhum se subia à ilha, cheia de alturas à vista larga e, contudo, sem modo de pousar os pés. Também conta que, esticados nos barcos, os homens de então foguearam a natureza. Circundaram como entenderam e foguearam por toda a parte. Sete anos mais tarde, quando aconteceu de alguém voltar a encontrar nossa terra, a ilha ainda ardia. Os fumos faziam grandeza nos promontórios junto às águas, as chamas subiam para depois das nuvens vindas do interior das maiores caldeiras, onde as gargantas secas dos vulcões tinham nutrido floras exuberantes. Diz-se que, de tão bela a ilha e suas plantas, tão belas flores aqui se nasciam, ainda voavam pássaros lastimando o incêndio. Pássaros maravilhosos. Muitos ter-se-ão extinguido por lhes doer de gritar e por lhes doer de tristeza. Tantos terão acabado como labaredas em fuga mar fora, pequenos cadáveres incandescentes que se sepultaram nas águas.

Quando os homens de outrora puseram pé na ilha, ainda assim se perguntavam que caminho havia daqui para algum lugar, porque tudo subia sem parar, e muita terra é como apenas paredões onde se projectam sombras e aquilo que cai. Quiseram, de qualquer modo, povoar. Foram chegando do reino com avidez de mais fortuna, e o mar era abundante, e o chão voltava lentamente a florir, a reimaginar cada uma de suas flores, colorindo tudo, subindo e descendo e perfumando.

Diz-se que a ilha já inventaria suas flores só pela memória, sem semente nem água. E, àquele tempo, foi lançando pelo vento um chamado para bichos alados que foram voltando. A nossa ilha propende para a primavera. E as flores não têm vertigem. Os homens e as mulheres que foram ficando, para qualquer sustento que nossa terra pudesse dar, tiveram de mudar para pés de cabra. Pessoas de terras íngremes, terras verticais, sem medo do tamanho dos olhos, da vastidão que qualquer caminho faz diante do corpo, muito para cima, muito para baixo. Nada fica para a frente, senão a lisura infinita do mar. Como pode ser liso e imenso o mar, que se vê quieto, igual a uma pedra arrepiada em quase todos os dias do nosso ano.

A mitologia diz que podem ter sido cem anos de incêndio. Muito para lá de sete. Muito mais tempo, como nas histórias lendárias que ninguém sabe quem inventou. De qualquer jeito, o que ficou nas convicções dos ilhéus foi que mais se sobe e desce do que se avança. E mais se faz um madeirense na combustão do que na friúra. Por causa disto, quando se sofre, é sobretudo por destino que se pensa sofrer. O que implica uma bravura inesgotável, mas também, por defeito, uma resignação que obriga a aguentar. O ilhéu aguenta. Sete ou cem anos.

*

O Buraco da Caldeira, o esconso sombrio onde nossa casa foi feita, fica num cotovelo antes da Ribeira Brava. No Sítio do Jardim, acima da Chamorra, na freguesia de Campanário. Em mil setecentos e noventa e oito caiu do imenso rochedo do Ilhéu, no meio do nosso mar, uma pernada que o desfigurou. Antes que caísse, dizem os livros, era igual à torre dos sinos. Era um ilhéu igual ao cimo de uma igreja que estivesse afundada. O nome da nossa freguesia vem daí. Dessa igreja afundada que um abalo qualquer destruiu.

Quem passa estrada regional fora, a dado momento, uma altura de encosta sobe muito para lá dos olhos e vai para dentro, onde já não podem entrar carros. Naquele cotovelo, na verdade, para mais subir ou mais descer, já só por pé de cabra. Um pé depois do outro, fincado como der nas veredas que levam até à praia diante do Ilhéu, ou até ao cimo onde moramos nós. Não se pode subir para depois de onde é nossa casa, a casa dos Pardieiros. A rocha é bastante mais alta, mas não há vereda. Já é só lugar de pássaro. Ali para cima, é lugar de pássaro, não se caminha. Até para ser quem éramos, já nos conferiam uma metade de asa. Mas, na verdade, qualquer madeirense tem uma metade de asa.

Quando amanheci, espantado, o céu era rosado de mil vezes mil flamingos que migravam. Não existem flamingos na nossa ilha e nem devem existir mil vezes mil flamingos cor-de-rosa no mundo inteiro. Nem acredito que flamingos voassem tão alto para cima de encostas como estas. Era certamente a visão de um milagre qualquer. Um olhar extasiado que viesse de dentro. Estaria a ver o meu próprio interior, que chegava à revelia do que é possível e à revelia da tristeza que queriam atribuir ao nascimento de meu irmão. E eu levantei meus braços como se pudesse colher os flamingos, comecei a gritar de euforia. Aves belas eram aves felizes, faziam uma mancha imensa no céu que parecia florir mais do que nosso chão. Eu chamava meu pai e chamava minha mãe e ninguém vinha ou ninguém me ouvia, porque talvez eu sonhasse, talvez não estivesse a ver nem a gritar de verdade. Mas eu gritei. Queria que todos chegassem às suas portas e vissem como já a cobrir o mar ia gigante um povo voador lindo, tão lindo, um povo de pássaros que voara por nossas casas só para nos maravilhar, porque a vida fazia maravilha. Fazia sempre maravilha.

Quando os flamingos eram mais nada no horizonte, quando não havia bulício algum, nenhum bater de asas, entrei. Fui saber de meus pais em redor de Pouquinho e pedi: posso pegar meu irmão, nosso santo. E minha mãe me disse os bons dias e cobriu os olhos para não chorar e não chorou, porque eu imediatamente afirmei: vou cuidar de ti, meu irmão. Vais aprender tudo o que faz urgência na nossa vida aqui ao dependuro desta encosta. Vais nadar comigo por toda a volta do Ilhéu, vais escurecer a pele no calhau e vais ficar forte. Muito mais forte que os homens do mar. Porque tu vais saber tudo e vais ser esperto. Quem sabe coisas fortalece para depois do ferro. Fica bom para mandar no mundo. E eu comecei a rir. Queria rir. E prometi que lhe contaria tudo sobre os pardais, os gatos-bravos e os torrões que atirávamos aos poços. Ele saberia de como se faziam as fisgas e porque haveriam os estrangeiros de falar palavras diferentes. Prometi que Pouquinho haveria de ir aos pêros, aos tabaibos e às bêberas, e certamente ia gostar de pitangas tanto quanto eu. Nasciam pitangas pelo nosso mato, caminho abaixo. Ninguém as plantava ou cuidava. Simplesmente apareciam. Eram por ali sem preço nem fim. Muito do que se comia era abundância da mata da ilha, e as famílias seguiam colhendo para saciarem fomes, que faltava nenhuma fome na Madeira. As bocas nem falavam como deviam por se abrirem com o vazio do estômago, a dor de certa morte à espera. A fome é uma certa morte à espera.

Naquela manhã, o meu pai quis apertar-me no seu abraço mas eu senti que era difícil. Ficou atrapalhado e precisava de sair para fabricar. Trabalharia cheio de hesitações, distrações, muitos medos e alguma vergonha. A descer para as hortas nos nicos de lavra que tínhamos, o meu enorme pai estava emudecido e de pouca fé. Eu não saberia o que fazer. Mas julguei que melhoraria. Confiei que melhoraria. E então jurei que passaram mil vezes mil flamingos cor-de-rosa por sobre nossas cabeças. Juro. Eu disse. Eram tantos que o sol atravessava por brechas como se estivesse roto o céu. A minha mãe respondia: filho, a mãe não sente valor no corpo. Traz um bocado de pão, que tu és bonito.

De todas as vezes que fazia o que era pedido ou esperado, eu era bonito. Não havia melhor coisa para ser.

*

Veio logo cedo o padre Estêvão para lamúrias e rezas. Fora impedido por lonjuras no dia anterior. Mas sabia de Pouquinho e estava cheio de palavrinhas cândidas para motivar a família à recuperação. Padre Estêvão era deitado a salvações e chegara cansado da subida, com seus agrados prejudicados, meio sem ar e cheio de sede. Eu fui cuidar da água e fui cuidar de mais pão, e pousei tudo na camilha para que se servisse, de onde estava sentado numa cadeira almofadada com Pouquinho ao colo dizendo ideias muito bíblicas. A minha mãe agradecia-lhe tanto. Era toda grata aos padres porque acreditava muito, como todos nós, que intercediam perante Deus. Teriam modo de andar para dentro e fora da transcendência a oficiar assuntos de almas. Eram tão importantes, os padres, eram fundamentais para o sentido extremo da vida. E ele perguntou: buzico, e teu pai. Eu respondi: fabrica, meu pai fabrica as hortas, senhor padre Estêvão. E minha mãe pediu: chama teu pai. Que venha abençoar-se da presença do senhor padre, diz-lhe que veio ver o menino nosso. Fui ao precipício e apupei: uuuuuuh, paizinho, venha ao padre. Ao fundo, depois da casa da senhora Agostinha do Brinco, mas antes da casa da senhora Luisinha do Guerra, que fica mesmo acima da estrada, o meu pai ergueu a cabeça e parou de fabricar para se levantar. Começou logo a levantar-se na vereda porque, embora a sobrevivência fosse elementar, tinha a cabeça parada na aflição que havia em casa, e mais valia que estivesse em casa para se afligir de perto.

*

Com dez anos de idade, eu já cozinharia quase tudo. Era habituado ao fogo e às facas. Não se dava muito tempo à infância. Ser-se pequeno precisava de prestar serviço, tinha de se atarefar as crianças para que as famílias não sucumbissem às dificuldades, que eram quase todas as mesmas por toda a parte. As pobrezas e os temores repartiam-se como por justiça democrática. Não havia muita gente excluída de um destino assim. Cozinhar era cumprir uma infância útil, para ser decente e ter amanhã.

Metidos por dentro do Buraco da Caldeira, na casa mais subida e mais pobre, éramos bastos de nossas fazendas e uma levada vinha rente ao nosso telhado com a água mais limpa. Da levada, sem qualquer desafio, descíamos a água necessária e era generosa até para chuveirar os banhos que sabiam tão bem no tempo do verão. Tratado destas competências, eu fui a mando do almoço para se convidar o padre à sopa e a uma perna de frango. Padre Estêvão nunca ali vinha. Era uma visita tão importante que eu não poderia falhar nos temperos nem haveria de deixar que suspeitasse que desprezávamos o que Deus nos trazia à mesa. Meu pai, querendo aproximar-se do padre, mas também querendo garantir que o almoço se faria com requinte, andava quarto e cozinha a espiar e a dar instruções. Dizia: vigia, tu não ponhas senão dois grãos de sal. Vigia, tu desceste água da manhã. Por me fazer tantas encomendas, eu nem sempre o escutava e perguntava: como é.

Para as pessoas pobres dos recônditos da ilha, que o padre entrasse em casa, subido de meia hora a pé pela encosta desde a estrada, era igual a vir o corpo de Cristo do tempo da Páscoa. O próprio corpo de Cristo naquela cruz de beijar, a suar de estafa e sede. Haveria de estar Deus e os santos inclinados à sua varanda para saber com que ternura lhe receberíamos o funcionário. Sobre meus ombros recaía tal responsabilidade. Mas de meus ombros se levantava também a força. Meu pai dizia: Paulinho, à tarde, fabricamos juntos, que é preciso puxar dos dois lados para passar o ferro naquele chão. E eu respondi: sim, senhor meu pai. Senti-me bonito. Cozinhei e sorri.

Pouquinho, de quando em vez, choramingava. Muito ligeirinho sem maldade. Tinha fome. Amamentava com qualquer minutinho. Era tão pequenino que devia encher com uns pingos de leite. A seguir, dormia. Padre Estêvão dizia que o crio ainda não tinha pretensão do mundo. Estava em negação. Devia ser verdade. Pouquinho levou muitos dias a abrir os olhos. Não era normal. Ficou mais de uma semana com eles fechados. Pensámos até que ele só veria para dentro. Talvez cegasse. Mas não era verdade. Certamente ficou demorado a ver para dentro, sim, antes da contingência de ver para fora e cegar para o interior, como acontece com todas as pessoas, uma a uma.

Quando estávamos a almoçar, todos gabando o sabor e bendizendo muitas sortes, chegaram vozes de mais abaixo, até mais abaixo da casa da senhora Agostinha, que apupavam por ali qualquer súplica. Meu pai foi acudir para saber que era. Pela rocha num eco vinha o som daquelas vozes que falavam de cachorros. Uns cachorros que fugiram. Bem se escutava, mesmo da mesa na cozinha de onde não me deixaram levantar e onde padre Estêvão repetia a sensatez bíblica que me devia ajudar. E eu prometia cumprir. Cumpriria tudo, mas queria saber de que cachorros se falava ali para fora. Coitados. Ou seriam perigosos. Talvez mordam as pessoas e os bichos domésticos. Talvez tenham fome. Alguns cachorros carregavam os piores espíritos. Pensavam em matar. Matavam tudo quanto pudessem e devoravam até tocos de árvores. Roíam mais que toupeiras e ratazanas.

Como o padre não se calava de tanta dedicação bíblica, fizemos uma oração à espera que meu pai voltasse a entrar. Suspendemos a refeição. Não pude escutar mais nada. Dizer palavras sagradas impunha que as pensasse por inteiro. Uma a uma, cada uma dita para ser sentida. Quem reza sem pensar está a oferecer-se ao diabo, deixa que a boca o traia, usa-a sem paixão. Fora como me ensinaram. Quem reza sem pensar faz o mesmo que trincar o dedo ao invés do pão. Padre Estêvão sabia de coração orações grandes. Nunca mais acabavam. Meu pai, que descera a ver que fazer às súplicas que por ali se gritavam, demorava. A comida esfriava e eu já sabia que meu cozinhado ficaria mal visto. Gostaria de deixar de ser impaciente, mas rabiava. Tinha uma infância aguda. Sofria de infantilidade drástica, máxima. Não era por ser à deriva das ideias, era por ter tantas ideias e tão poucos recursos e autoridade sobre mim mesmo. Tudo em mim se ajeitava a dominar o mundo. Mas minha condição era a de uma subalternidade absoluta. Minha idade subalterna passava lenta diante da urgência. Estava demasiado a acontecer para que soubesse ficar parado à espera. Minha mãe dizia: Paulinho, tira o cotovelo da mesa.

Paulinho, não se balançam as pernas assim. Eu procurava aquietar-me, igual a parar o próprio coração de bater. Minha natureza era a do movimento. Quase sempre me movia antes de saber para onde ou por que razão. A cabeça nunca era mais rápida do que os nervos no corpo. A cabeça esperava razões e explicações, o corpo seguia a vertigem. Era um animal ativado pela simples evidência de pulsar.

CAPÍTULO TRÊS
Minha mãe vai educar este dinheiro

A casa da Baronesa do Capitão era-nos imaginária. Passava-se na rua sem se poder ver nada de nada para o que iria lá dentro. Era de paredes opacas, de janelas apenas viradas para o mar. Ficava cega para quem chegava. Só quem lá entrasse haveria de se deparar com os luxos que se inventavam para lá existirem. Havia quem dissesse que, dentro da casa, tinha um lago com peixes vermelhos, móveis trazidos da China e do Japão todos esculpidos de dragões e árvores, penduravam-se quadros enormes pintados por pessoas antigas a mostrarem nobres de toda a Europa com seus penteados e joias, louças de cristal que produziam cintilâncias a competir com o mar inteiro, coisas de ouro, até nas toalhas, que punham ouro nos tecidos e nem se podiam lavar na água e sabão. A casa da Baronesa do Capitão era tão grande que poderiam caber ali cem pessoas sem sequer serem magras, e havia bancos para cada uma. Contudo, vivia ela com duas criadas de bico calado. Umas depenadas que só comiam ervas e cresciam nos olhos, sem casarem nem terem família. Pareciam duas estacas. Uns paus que acompanhassem, de lado e de outro, a mulher aperaltada. Contava-se muito que suas criadas serviam para sustentar bandeiras. Sacudiam as toalhas dos almoços ao sol e haveriam de parecer postes a fazer sinais de independência aos navios cruzando o horizonte.

Muitos homens tinham intenções de desonrar as criadas, que viviam com o destino de encalhadas. Mas não lhes encontravam tempos livres nem respostas. Ainda que não fossem de grande beleza, também não eram mortas. Valeriam para as piores intenções dos pervertidos. Isso piorava os humores da Baronesa, que tinha a impressão de que se alguém lhe tocasse nas criadas lhe diminuía o património e o poder. As criadas, mais do que domésticas, eram domesticadas. Por obedecerem, pareciam tão distantes da comunidade quanto a patroa. Sabíamos nada delas. Podiam ter sido apanhadas de um lixo qualquer. De um naufrágio. Podiam ter sido trazidas numa arca desde países vencidos. Poderiam ter sido achadas congeladas da pré-história. Eram iguais, verdadeiramente repetidas. Assemelhavam, mais e mais, com o tempo. Até nem terem nome. Ninguém lhes dava nome. Eram em dupla e equivaliam. Como se, de igual modo, também não fossem ninguém.

Dizia-se que a Baronesa era antipática e achacada a fúrias. Declarava sua frustração pelo mundo indelicado, corrupto, preguiçoso, feio, malcheiroso, ímpio, pecador, ganante, falso, que era o nosso. A mulher era tão crítica da humanidade que se precavia de maiores desgostos rejeitando à partida o convívio com os demais. Usava impropérios em alto som e um sem-fim de resmungos surdos. Se reparássemos bem, passava os dias a trilhar palavras silentes na boca. Caminhava e restava uma impressão de se ouvir algo, como alguém que deixasse uma certa poeira no ar. Era algo tão impreciso, tão sem corpo, que uma insinuação de vento dissipava logo a seguir. O Capitão, sempre embarcado a mandar nos militares, aparecia tão quase nunca que era mais raro que os avistamentos santeiros. A Baronesa existia toda à espera e talvez fosse isso mesmo que lhe dava amores pelos cachorros e um amuo constante pelas pessoas.

Costumávamos vê-la nas missas de domingo, mas jamais nos respondera aos bons-dias. Era demasiado importante e seguia ao centro das passadeiras e das alcatifas. Nós caminhávamos sempre pelas beiras. Encolhidos e sem feder. Tínhamos gratidão. A mulher nem era bonita e tanto poderia ter quarenta como setenta anos. Não havia maneira de avaliar. Era muito pintada e muito vestida. Mesmo em dias de calor, metia-se em casacos e lenços, espaventava toda e reluzia dos dedos e das orelhas. Até nos dentes havia qualquer coisa ao dependuro. Era muito estranha, um trogalho. Parecia menos uma pessoa e mais uma coisa de guardar em casa. Como se fosse uma complicação inútil, sem préstimo nem harmonia, sem galanteio, apaziguamento nem princípio, meio e fim. Algo a que se tivesse dado um nó que não se desfazia de jeito nenhum. Um sarilho que ninguém desensarilhava mais. Minha mãe confessava que lhe parecia as linhas de costuras quando os novelos se enroscavam e, depois de tanto se tentar, a solução estava apenas em tesourar por ali e deitar fora. A Baronesa só se comporia com uma tesourada, porque não se destrinçava vista de qualquer ângulo. Nós, confrontados com ela no percurso pedonal da igreja do Campanário, úteis, sempre úteis, desviávamos os rabos e os olhares e sempre dizíamos bom-dia. Ela passava muda, toda cheia de pudores entre suas criadas de guarda, e ia para o primeiro banco da igreja, como se fosse tratar de assuntos mais de perto com Deus. As pessoas do Campanário aquietavam-se, e a missa começava sempre com um cumprimento do padre ao auditório e, depois, outro à Baronesa do Capitão, que, por vezes, fungava para dar resposta.

Um dia, estávamos todos a mijar os maracujás que corriam o muro nascente da sua casa. Cheio de vergonha, eu também mijei porque sofri pela humilhação de minha mãe que fechou os olhos à passagem da Baronesa. As próprias criadas tremelicaram as pálpebras numa espécie de sobressalto que lhes provocou indignação, mas jamais se atreveriam a interferir, jamais intercederiam. Poderiam ser até mortas, assassinadas por desobediência. Se não eram dali, não tinham família, se houvessem de desaparecer por um buraco, ou na boca de algum bicho, ninguém andaria muito a perguntar por elas, sobre quando voltariam, sobre o que disseram à despedida. Ficariam no esquecimento em dois dias. E podiam ser substituídas por outras de mesmo efeito. Fardadas do mesmo modo, o bico calado, hasteando bandeiras disciplinadas na melhor tradição de nossos militares da marinha, quaisquer mulheres magrinhas e assustadas haveriam de poder desempenhar aquelas funções. Meu pai dizia que eram mais funções de temor do que de trabalho. Algumas pessoas eram empregues pelo medo que sentiam. E não exactamente pelo serviço que tinham de prestar.

Meu pai, incauto, absurdo e ingénuo, tinha idealizado pedir um emprego ao Capitão. Deixar de fabricar o campo e talvez emigrar, como emigravam os pais todos. Mas a

Baronesa nem lhe permitiu concluir duas frases. Era avessa a súplicas e cheia de carentes em redor. Fazia sua caridade em silêncio. Que não seria mais do que deitar uma moedinha no ofertório dos domingos. Certamente uma moedinha tão pequena quanto a nossa. Minha mãe, de vexame, fechou os olhos. Ela fora sempre da opinião que a Baronesa não teria compaixão. Era descoroçoada. Sofria da cabeça. Era doente. Talvez nem devêssemos querer-lhe vingança alguma, que isso era tão feio. Deveríamos sentir tristeza por ela. Mais nada.

Eu e Nhanho e outros dois buzicos mijámos os maracujás porque nos havia constado que as criadas os vinham colher, e a Baronesa os comia consolada. Eu mijava quanto pudesse e pensava: Ave Maria, cheia de graça. Tinha vergonha. Mas também tinha honra e precisava de alguma fúria.

No dia em que Pouquinho nasceu, no entanto, o Capitão estava na ilha, e a Baronesa teve uma festa. Vieram do Funchal uns senhores para queimarem no jardim um fogo preso. Era um fogo de artifício que, ao cair da noite, árdeu em flor por uns breves minutos. Esqueceram, contudo, do medo dos cachorros. Os cachorros escapuliram-se estonteados e nunca mais foram vistos. Eram dois pequenatos, uns canitos felpudos que a mulher tratava como filhos de quatro patas. Um branco e outro loiro. Os dois importados de algum país com bichos de montra. Bichos de pousar de enfeite. Um chamava-se Artur e outro chamava-se Josefina. Um menino e uma menina. Meu pai assim contou à mesa e padre Estêvão sorria, minha mãe aconchegava Pouquinho ao peito, que adormecera novamente. Eu pensei que os cachorros haveriam de fugir para um canto lá em baixo. Não se levantariam na encosta. Mais depressa desceriam até ao calhau da praia, diante do Ilhéu. A Baronesa prometeu que daria cinco mil escudos a quem encontrasse seus queridos canitos. Cinco mil escudos. Era um dinheiro que valeria aos meus pais por meses. Eu disse: vou encontrar os bichos. Meu pai, desço para fabricar o campo como me pediu e, se me der licença, vou numa corrida ver se encontro os bichos da senhora do Capitão. Minha mãe estava à mesa. A única coisa que agora se dizia era que ela não se devia ter levantado. Era melhor que ficasse em sossego. Não valia a pena que se ocupasse de etiquetas. Os padres, dizia padre Estêvão, são de todas as casas sem sobressalto. Devem ser contados entre as coisas de serviço, como talheres e vassouras, mantas e cortinas, sifões e lâmpadas. São uma laranja sempre fresca. Minha mãe foi deitar-se. O padre saiu, e meu pai acabou por sentar-se ao espelho. Ali se calou por uns instantes. Esperava de seu próprio rosto um sinal. Que sinal seria, eu ainda não imaginaria. E talvez ele mesmo também não o pudesse imaginar. O seu pressentimento não era atendido. Eu fiquei convencido de que meu precioso pai ficara irremediavelmente sem qualquer atendimento. Padeceu disso. Haveria de padecer disso para sempre. Tornou-se um homem à espera do que não chegaria.

Éramos sem muitos abraços ou toques. Não se tocavam os corpos por uma limpeza de almas, porque os corpos sentiam vontades sujas e viravam impossíveis de confiança. Os meus pais, correctos, demitiam-se de muito mexer em mim ou em quem viesse de visita. Os cumprimentos faziam-se com o corpo todo à distância, a mão estendida para diante como se a mão fosse até embora. Sem perturas algumas. Sem aperto. Sem equívoco. Naquele instante, contudo, eu passei e pousei por menos do tempo de um segundo minha mão no seu ombro. Meu pai era tão parado para dentro do espelho que eu quis tocá-lo como batendo a uma porta que precisava de garantir que continuaria a abrir-se.

Fabricámos com alguma pressa porque eu atirava o pensamento aos cinco mil escudos, e meu pai anuía que haveria de ser um salário importante para nós. Rasgámos a terra sem grande brio, e era ele quem me ia empurrando dali para baixo a ver se dava sorte de caçar os dois bichos pequenos que valiam as notas tão grandes. Deixei-o na sementeira e, quando desci, passando pela venda da senhora Luisinha, fucei pelo Nhanho e mais perguntei se sabia de notícias dos canitos. Estavam todos pelas encostas a chamar os bichos. A senhora Luisinha dizia que se passava ali uma tarde sem ninguém, porque se atazanavam uns e outros para ganhar o mesmo dinheiro que só uma pessoa podia ganhar. E eu fui ganhá-lo.

Saltei abaixo da estrada e fui para onde havia escorrimentos da levada. Na minha ideia, os cachorros estariam onde pingasse para poderem beber. Na minha ideia, os cachorros estariam no baixo da nossa encosta, vindos no sentido do sol, a viajarem aquele bocado de quedas como se procurassem anoitecer também. Fariam como o sol, cumpririam o sentido do planeta. Parariam por onde caísse água e cheirasse a banana. As bananeiras muito carregadas e o odor intenso a exalar, era quase um odor luminoso. Parecia luz ou o próprio sol que brotava da fruta. E eu mal vi onde a levada rompia um pouco, onde tantas vezes eu próprio me pus de boca a beber, e escutei logo uns gemidos que podiam ser protestos ou pedidos de ajuda. Os cachorros da Baronesa eram refilões. Achavam que mandavam. Tinham umas boquitas delicadas, estepilhas, umas vozes medriquinhas, e eram lindos como os medriquinhas todos. Tomei-os no colo e beijaram-me as orelhas muito oferecidos ou gratos. Subi a ver meu pai. Ganharia os cinco mil escudos como se tivesse um trabalho de doutor. O meu orgulho não cabia no peito. Era a minha oferta ao nascimento de Pouquinho. Pensava eu. Pouquinho trazia sorte, trazia fortuna. Eu ria subindo pelos carreiros. Pararia por nada. Ia mostrar aos meus pais os bichos de enfeite. O Artur e a Josefina, dois peneirentos que não paravam de me lamber as orelhas, até por pequenas mordidas, como se quisessem que eu mudasse de direcção ou parasse de os apertar. Mas eu apertava. Não me cairiam. Valiam tanto dinheiro que eu não podia acreditar na sorte, na grata sorte de os encontrar.

Estavam nas goteiras abaixo da estrada. Um pouco depois, onde a levada se rompe e um fio de água sai dali para se beber. Estavam a beber, e eu julgo que esperavam que as bananas se descascassem sozinhas. Eu disse.

Minha mãe levantou as mãos e esperançou-se de uma qualquer réstia de sorte, o que também lhe aumentava o aspecto de sofrer. Ter sorte, naquele instante, ainda assim lhe aumentou o rosto de aflita. Tudo servia para revelar maior submissão à desgraça que nos competia.

Batemos ao portão da Baronesa do Capitão, e as criadas vieram abrir em gritinhos imediatos. As bilhardeiras todas já sabiam. Quando caminhámos de casa, satisfeitos e ligeirinhos, umas e outras vinham às janelas e bem que se informavam que os do cimo da Caldeira tinham conseguido o que todos queriam conseguir. Os dos Pardieiros. Pela rua, escutava-se com facilidade como os toques de telefone soavam. Porque as bilhardeiras se avisavam umas às outras, tão cheias de assunto quanto invejosas de não serem os seus maridos ou os seus filhos a carregarem os bichos. Os canitos nas mãos eram troféus peludos, irrequietos à aproximação da casa grande, excitados por estarem de regresso. Puseram-se aos saltos. Davam pinotes pelo ar, acrobáticos, até disparatados. As criadas congratulavam-se tanto que se fazia ali um barulho mal-educado. Quando a Baronesa assomou ao pátio, pararam. Sempre como um baldão, um bandalho de roupas e panos, um trogalho, a mulher fanicou em gemidos e guinchos de uma alegria esquisita. Era mais um ataque à sua saúde do que uma alegria normal. Pensava eu que por ser rica não tinha sentido algum. Era como ninguém que eu conhecesse ou de que tivesse ouvido falar. A mulher, certamente habituada a ser austera, nem sabia que aspecto haveria de ter uma alegria sincera.

Estava a descer o sol, já pelo fim da tarde se punha tudo mais escuro, mas a mulher rebrilhava e, por um instante algo longo, ficou ocupada apenas dos canitos. As bilhardeiras diziam que eram como os seus buzicos. Tinha os cachorros em mordomias que a maioria das pessoas não arranjavam na vida inteira. Então, erecta novamente, recuperando um pouco o fôlego, caiu sobre nós em abraços, e meu pai dizia: foi o Paulinho quem os encontrou. Paulinho nosso. Na sua voz, ia o amuo de ela lhe haver negado palavra e socorro. O imenso homem que era meu pai era um tamanho imenso da pobreza e da humilhação.

E eu mais cresci uns centímetros de orgulho, e ela

mais caiu aos abraços sobre mim e começou a dizer: entrem. Entrem, por favor. A voz dava-lhe um desafino. Mudava de tom. Tinha um estrago qualquer que podia ser que cantasse ópera ao invés de falar. Indicava a porta de casa. A porta da grande casa imaginária onde ninguém a quem pudéssemos perguntar algum dia havia entrado. Entrámos.

Era logo ali uma sala imensa de onde pendia um lustre gigante, e eu não conseguia andar nem pensar em mais nada. Era um animal de cem lâmpadas acesas que pendia de um tecto altíssimo. Tinha de ser um bicho de luz, uma luz agarrada pela garganta, aberta ali sobre nossas cabeças como se esganassem o próprio sol para trabalhar à noite. E eu pensei que talvez fossem mais de cem lâmpadas e pensei que, como naquela manhã, os flamingos, eu não estaria a ver nada daquilo. E a mulher, deitando os cachorros aos cadeirões vermelhos, numa alegria sempre intensa, movediça, sem parar, mandava que trouxessem de beber. Algo que pudéssemos beber, e que chamassem o Capitão. Estava o Capitão algures. Era trazê-lo para pagar ao buzico. Dizia a Baronesa. Abençoado buzico que trouxera saudáveis seus companheiros gentis e raros. Eram franceses. Ela explicava. Francesíssimos. Genuínos e muito inteligentes. Tinham vindo no navio da marinha, e tinham sido adopções muito desejadas.

As criadas, repetidas como as figurinhas do futebol que se compravam por cinquenta centavos, descontrolavam-se na alegria. A senhora tinha ficado deitada em prantos e enxaquecas, queria morrer se lhe morressem os animais. Era trágica e sem limites. Aquela casa esteve num abismo de dor, absolutamente como se gente fosse levada pelas enxurradas ou estivesse ligada a máquinas de respirar nos hospitais. As duas Repetidas, sem poderem mais aproximar nem mexer, imitavam os gestos da patroa. Se a patroa se inclinava para outra vez pegar ao colo o Artur, as criadas faziam metade do gesto de se inclinarem. Se a patroa beijasse o bicho nas barbas, as criadas faziam metade do gesto de o beijarem nas barbas. Até o que a Baronesa dizia, uma das criadas dizia pela metade. Ela agradecia: que bênção me trazes, rapaz. E a criada dizia: bênção, rapaz. Eram miméticas. Habituaram-se a existir pelas sobras da patroa. E estavam felizes porque aquele sentimento era o alívio que lhes era permitido claramente depois de terem passado noite, manhã e tarde inteiras escravizadas ao desespero da patroa. Depois, foram as duas, tão excitadas quanto escorraçadas, buscar o Capitão. A Baronesa dizia: meu marido, imediatamente. E as magrinhas mulheres foram por um corredor adentro para o certo infinito da casa.

Quando o Capitão chegou à sala, o meu pai bebendo um vinho e eu a comer uma bolacha, encarou-me muito de perto e disse: valente, rapaz. És valente. A minha esposa não seria feliz sem estes cachorros. Vou pagar-te o prometido e mais te prometo um trabalho quando fores maior. Que tu tens cara de decente e tens cara de esperto. O país precisa de homens espertos como tu. Depois, parabenizou meu pai e falou-lhe a parecerem iguais, homens com semelhanças, entendidos no mesmo, como se fizessem as mesmas refeições e deitassem em camas também chinesas, com almofadas imensas que deglutiam as cabeças que lhes pousavam. Seriam dois homens a deitarem-se com mulheres de aparato esdrúxulo, com bicos de cabelo, arrebiques de panos pelo corpo todo, a despontarem na almofada sem se saber onde começavam e onde acabavam. Que estranhas as mulheres ou os homens dos quais não se sabe onde começam e onde acabam.

Quem os visse, podia pensar tratar-se de dois homens embarcados com poder, a chefiar navios da nação, a combater em guerras estrangeiras, salvando certamente o mundo, apontando canhões com pólvoras matadoras que eliminariam inimigos horrendos dos quais a ilha da Madeira nem chegava a ouvir falar. O Capitão inclinou-se sobre mim, regozijando, cheio de gratidão e folia, dizendo que eu seria o orgulho de meu pai. Meu pai haveria de ter uma fortuna num buzico quase grande como eu. E eu, sem demasiada inteligência, atrapalhado com o entusiasmo, perplexo com o lustre, a pensar no dinheiro e inconfessavelmente assustado com a maleita de Pouquinho, respondi: meu pai é um homem bom, senhor Capitão. É o homem de coração mais limpo de nossas terras, senhor Capitão. Subitamente, sem aparente razão, defendia sua honra porque, na minha angústia, o que nos desafiava perguntava acerca do nosso compromisso com o bem e com o mal. Acima de tudo, julgo que queria que meu pai escutasse. Quanto mais expressa fosse minha convicção de que ele era um bom homem, maior era a obrigação de ele o ser. Para mim, afigurava-se fundamental que ele tivesse a força para isso. Para não nos falhar.

Estávamos exactamente sob o lustre imenso, e eu tinha a impressão de que incandescia também. Sobre as nossas cabeças, como em movimento, a luz deitava tão abundante que eu pensava que haveria de me tocar. Teria de ganhar corpo e tocar-me. Como se fosse efectivamente animal e se soltasse por fim. O Capitão entregou-me as notas. Assim as entreguei também a meu pai. A senhora Baronesa perguntou: e que farás tu com este dinheiro, meu menino. Eu encolhi os ombros. Julguei que não seria para responder. Na nossa pobreza, o dinheiro fazia o mesmo que a água no deserto. Sumiria chão abaixo a sonhar mudar o mundo sem jamais mudar o mundo. Mas a senhora insistiu. Perguntou: vais comprar uma bicicleta, uns patins, podes comprar um comboio eléctrico. E eu disse: vou ver meu pai a entregar à minha mãe. Minha mãe cuida de fazer contas porque senta mais na mesa de casa, e eu ajudo a escrever o que ela pensa. A senhora rica, talvez surpresa, ou igual, comentou que as mulheres tinham o tino da casa e da família. Eram a matemática dos afectos. E eu disse: as mães. Eu disse: minha mãe vai educar este dinheiro, minha senhora.

As mães pressentem as contas perfeitas. Mesmo que não saibam escrever. Elas pesam o mundo só com o olhar, percebem como falta cor ao mato, como estardalham menos pássaros. Elas sabem que desceram as águas das levadas, que os dias encolheram nem que três minutos. As mães escutam mesmo que de noite, durante o sono, e percebem que alguém partiu e a ilha está mais sozinha.

Quando minha mãe puser as mãos neste dinheiro, vai levá-lo onde adube, onde cubra, onde cure, onde faça justiça. Este dinheiro, minha senhora, vai ser inteligente à força da minha mãe. Vai aprender uma lição de vida. Vai ser como um doutor. E eu ficarei feliz.

A senhora Baronesa respondeu: Felicíssimo, o irmão. Acenei que sim. Felicíssimo. Como me sentia desde que nosso santo nascera.

O capitão apertou-me entre as mãos parecido a acertar-me os ossos dos ombros, e então nos libertou e caminhámos dali para casa. Só dei conta dos olhos mareados do meu pai muito mais tarde.

O mulherio vinha à rua para celebrar nossa sorte, que tão pobres éramos e tão castigados pelo nascimento de Pouquinho. Que obra bonita do Senhor ter-nos oferecido aquela graça. E eu não me contive e festejei dizendo que o senhor Capitão até prometera empregar-me mais tarde. Haveria de ter um emprego, ao invés de fabricar nos poios estreitos, o bocadinho que aquilo dava para a fome. Meu pai sorria com pena de mim. Não era importante que esperássemos nada. A minha alegria não precisava de ter tamanho maior do que aquele resto de noite. Estávamos mais habituados a nem esperar alegria alguma. O mulherio era simpático. Bilhardava, mas era o nosso povo. Compreendia a justiça de nossa sorte naquele momento. Dava as boas-noites. Subia às casas e haveria de especular sobre como gastaríamos tão grande dinheiro, como talvez nem tivéssemos juízo para um dinheiro ganho assim. As mulheres haveriam de especular se Pouquinho superaria os primeiros dias, uns meses, um par de anos. Certamente, pensavam todas, daria uma falha no crio sem chegar a dizer palavra. Haveria de morrer mudo antes de acusar inteligência alguma, nenhum sinal de alma, nenhuma identidade. O nosso povo pensava mesmo que Pouquinho não haveria de proceder e tombaria num qualquer chelique sem resistência. Mais valia que fosse feito um preparo para quando houvesse de acontecer. Mais valia que se guardasse o dinheiro da Baronesa para as belezas fúnebres do buzico. As mulheres diziam. Seria culto que os do cimo do Buraco da Caldeira, os dos Pardieiros, guardassem aquele dinheiro para dignificarem o buzico ao descer à terra. Nós, que de verdade mais vivíamos nos pardieiros do que em casas, tínhamos pouco conhecimento do que era ter dinheiro, pelo que o mais certo haveria de ser estragá-lo sem valor algum. As pessoas bilhardavam assim.

Encantado, incrédulo e feliz, eu queria explicar à minha mãe o que era o lustre na casa da Baronesa. E ela perguntava: e havia algum lago. Havia peixes. E eu respondia: só vi o lustre. Eu não sei mais nada. Esqueci-me de ver. Esqueci-me do que vi. Só vi luz, minha mãe. Era tanta luz que eu julguei que a compraram toda de uma vez ou raptaram. Abria do tecto para o chão e chegava a pesar sobre as nossas cabeças. Eu acredito que vinha do cristal. Aquilo não era vidro, o pai que o diga, tinha de ser cristal ou água gelada. Eram as tripas todas da luz. Um animal de tripas à mostra, porque era uma coisa cheia de aspecto de viver. Pendia do tecto cheio de vida. Eu até acredito que se mexa. Deve mexer aqueles braços que esticam suas mãos de lâmpadas. Como um aranhiço gigante agarrado lá em cima sem descer. Mãe, a sua bênção, mãe.

Tomava Pouquinho no colo e pensava que um dia, quando eu estivesse empregado, entraria com o meu irmão santo pela casa da Baronesa e ficaríamos a ver as lâmpadas. Ficaríamos ambos sob as lâmpadas, até que a luz de verdade nos caísse sobre o corpo e nos mexesse.

Naquele começo da noite, meu pai desceu à casa de senhora Agostinha do Brinco e lhe entregou mil escudos inteiros. Senhora Agostinha, que eu bem vi e ouvi de nossa porta, recusou muito, cheia de vergonha e honestidade. O dinheiro andava-lhes entre mãos como subitamente um gato vivo nos beirais, equilibrista, a decidir se caminha mais esgueirado que as cabras em qual direcção. Parecia contorcer-se ou escoar, parecia ser algo de amparar como água que vertesse ou areia. Mas não havia areia na nossa ilha. Nossas praias eram de calhau. Pisávamos em pedras sem podermos largar o calçado. E eu escutava: ai, não pode ser, ai, não sei se sim, meu Deus, Santo Deus, Deus seja louvado. Mas meu pai insistiu até que assim tivesse de ser. Assim se educa o dinheiro. Que por vezes se esquiva das mãos que o merecem. Esperneia por pudores, vergonhas e demasiadas etiquetas. Meu pai, imediatamente concordado com minha mãe, foi cuidar de Agostinha. E aquele dinheiro ficou culto. Mais rico do que nunca.

A sua humildade assemelhava à nossa. Qualquer alegria que nos viesse era imperioso que se dividisse em parte com tão delicada vizinha. Tantas vezes minha mãe lhe descia parte do que vinha das hortas, bocados de nossas galinhas ou coelhos, até mais vasos e mais flores. O que fosse dos Pardieiros era em parte de Agostinha. A sua alegria e solidão impunham muito a nossa cristandade, e nossa cristandade acontecia com orgulho e dava provas naquela relação. Nem que fosse para vê-la a vida inteira soprando as pedrinhas, acariciando seus vasos, deitando água fresca na sua terra para dar de beber ao intrincado das raízes. Nós, como os da casa de senhora Luisinha do Guerra, gostávamos de Agostinha porque ela era um bocado de família que tínhamos fora do sangue. Na penumbra já da noite, eu ainda assim julguei ver como estavam seus olhos vivos de gratidão. Como se avivavam à conversa de meu pai e como já agradeciam com meu nome e com a sorte e a caridade. O buzico abençoado que foi dar com os cachorros. Graças a Deus pelo buzico que deu com os cachorros. Apertava finalmente o dinheiro ao peito, e aquele dinheiro também lhe foi ao peito um coração.

Depois que meu pai subiu, espreitando ainda, senhora Agostinha voltou aos seus vasos e pedrinhas e pareceu despedir-se da própria escuridão, como se houvesse ali alguém. Não era a primeira vez que me dera a impressão de ter por presente uma ausência qualquer. Espanava no ar a mão, por vezes até dizia uma palavra entredentes, e então entrava para acabar o dia. Na linguagem de nossa terra, aquele gesto de Agostinha era o juízo completo e também o sossego. Indicava a boa hora de recolhimento, uma espécie de conclusão de tarefa e esforço, uma harmonização. Seria como diziam dos livros. Que contam as histórias arrumando os assuntos até quando se deve apenas respirar, dizer mais nada.

Como eu. Entrava e estava sempre certo de que, até no esconso onde nosso pardieiro se fincava, o mundo inventava maravilha. Era abrir os olhos para a saber ver. Eu abri os olhos e pensei: tarda nada se vai deitar aqui o nosso santo. E eu vou poder dizer: boa noite, meu irmão. Deus te cuide.

CAPÍTULO QUATRO
PRATICAR A TEIMOSIA

Doutor Paulino não nos deixava ser medricas. Mandava que fôssemos de pouco protesto e não queria medos. Se chorássemos, ficava zangado, a perder tempo e a barafustar-nos com impaciência. Esperávamos na salinha, antes do corredor com os medicamentos velhinhos a encarquilhar. Os buzicos temiam em fila nos dias de arrancar dentes. O homem forçava com um talher esquisito metido boca adentro, alumiando com uma lamparina, e mandava-nos com dois despachos para casa. As mães queriam os dentinhos de leite para berloques das pulseirinhas de ouro. Doutor Paulino assim me mandava com o último dentinho num pedaço de papel, manchado por um fio de sangue igual a um cadáver pequenino. Meus pais, de todo o modo, jamais teriam dinheiro para mandar fundir um berloque e comprar uma pulseirinha de ouro. Eu até pensei ser indelicado entregar o dente à minha mãe. Tanto assim que o fui enterrar de morto num canto dos nossos vasos. Ficaria ali sem se estragar. Era um cadáver incorrupto, como o dos santos. Várias vezes o fui ver. Demorava ali sem pressa alguma.

Quando doutor Paulino me deu os dois despachos, eu queria ainda fazer perguntas. Tinha subitamente dúvidas da idade e receios. Mas ele, sempre à pressa e sempre contra mariquices, já abria a porta do consultório e dizia: mas tu julgas que sou o doutor Saturnino. Tu estás a precisar de ir ao Saturnino, ai, estás, estás. Caminha daqui, seu manono.

No Campanário, o doutor Saturnino, do hospital do Trapiche, era o papão. Engolia as pessoas loucas. Nunca mais eram vistas, internadas para os cafundós do hospital no Funchal. As pessoas loucas também iam embora porque, ainda que seus corpos fossem evidentes, suas almas haviam exalado antes. Eram sem almas ou ocupadas, como por assombrações. Coitadas das pessoas loucas. E que medo do Saturnino, que eu imaginava de dois metros, cabelos brancos a voar, os olhos azuis do vazio do céu. Alguma vizinhança ia ao doutor Saturnino e voltava. Mas nunca mais era a mesma. Ficavam pessoas de sonos diurnos, cabisbaixas, pareciam moles, sem os ossos todos ou até sem nenhum osso por dentro. Derretiam em cadeiras nas varandas para morenarem, mas deixavam-se cada vez mais brancas, muito brancas, iguais ao leite. Eu sabia de duas, que já estavam velhas e que alguém sentava nas varandas entre flores como se seus cabelos caindo fossem também pétalas. Ainda dávamos os bons-dias, mas já não respondiam. Ficavam sem saber falar. Nem se lembravam de nós, que éramos dali a vida toda. Nada da vida toda lhes sobrava na ideia. Entornavam tudo no esquecimento. Coitadas. O Trapiche comia as pessoas por dentro. Metia uma colher cabeça abaixo e devorava tudo.

*

Queria que o doutor me escutasse porque tinha perguntas para fazer sobre outras coisas, mas estava já no corredor, onde começavam os gritos do António, filho da Mariazinha, a da Tia do Pão, que era o próximo a arrancar um dente. Na salinha de espera, naquele dia, havia alguém das Cassianas e alguém dos Cécias. Aquilo era um ror de gente sempre a sofrer com tanto dente a estragar na boca.

Saía do consultório de doutor Paulino, de Cima da Rocha, e desconsolava caminho para casa. Por leviandade infantil, estupidez, desrespeito, fealdade, ponta de loucura, eu atrasava. Perdia-me com facilidade. Queria saber da freguesia inteira, curiosava para tudo, qualquer cor que mudasse numa parede, qualquer música tocando janela fora, qualquer carro desconhecido ou de pneus novos. Tudo era importante para mim. Na nossa casa não havia electricidade. Então, o que bulisse sozinho era o que eu preferia. Espiava as televisões que passavam o mundo a preto e branco, com pessoas inteiras dentro a falar e a mexerem-se mesmo que à pressa. As televisões sabiam imitar tudo, até os sons. As pessoas abaixo dos pardieiros, nas casas melhores, acompanhavam histórias na televisão. Por um tempo, minha mãe descia à sala de senhora Luisinha do Guerra para ver umas aflições contadas por mulheres que casavam com homens malvados. Eram histórias brasileiras que falavam em português às cores. Minha mãe era quem dizia. Que os brasileiros falavam português às cores. Mesmo que a televisão fosse a preto e branco. E entendia quase tudo. Ela dizia. Entendia quase tudo. Para algumas expressões,

DEUS DA ESCURIDÃO 67

por serem tão estrangeiras, minha mãe, assim como as outras senhoras, era daltónica. Mais presumia do que tinha a certeza de entender.

E eu caminhava dali sempre com ganas de espreitar, e qualquer pessoa que viesse às perguntas eu respondia com interesse. Adorava responder. Toda a freguesia bilhardava de nós. Desde que Pouquinho nascera que lhe esperavam o funeral, e andavam por ali às voltas a especular que buraco seria aquele entre as pernas. Claro que seria explicado sem espanto. Haveria de aumentar os peitos, ficar bonito de menina. E eu, que começara por pensar assim, e depois por desejar que assim fosse, agora respondia que não. Pouquinho era todo santo sem origens. Só ia saber de fazer sua alma sem ter importância demasiada no corpo. Pouquinho, eu dizia, é um bocadinho imaterial. Como são os anjos. Ele tem corpo mas é um pouco depois do corpo. Eu afirmava convicto. Afirmava e pensava: como somos todos no interior do espelho. Imateriais.

A bilhardar no primeiro segundo em que me viravam as costas, as pessoas urgiam em fazer daquilo um bicho de sete cabeças. E eu mais queria lentificar o passo para explicar melhor. Explicar outra vez. Garantir que estávamos felizes. Algumas pessoas começavam, por isso mesmo, a discutir como haveria de ser eu o Felicíssimo. Podia ser Paulinho ou Felicíssimo. Era dos Pardieiros. Os do topo. No lugar dos pardais. O Felicíssimo dos Pardieiros. O irmão. Como meu pai era Julinho dos Pardieiros. Minha mãe era Mariinha dos Pardieiros. Meu irmão era Serafim. O Serafim ou Pouquinho dos Pardieiros. Repetiam isto umas às outras como se nos encurralassem nestes nomes sem saída. Jamais haveríamos de sair de dentro de nosso nome. Era uma identidade gradeada. Entráramos dentro destas palavras e não havia chave que nos abrisse por onde escapar. Diziam: é ele, é. Mesmo igualzinho de nariz e olhos, o queixo e os lábios. Este vai crescer para ser do tamanho do pai. É todo igual ao pai. Vai ter mais de metro e oitenta, vais ter mais de metro e noventa, vai ter dois metros e mãos de arado. E olha o moreno. São mestiços. Os dos Pardieiros são mestiços. Mas já nem sabem de onde mestiçaram. É cor que vem do início do século, talvez até de outro século. Das pessoas africanas que sobraram. Mas não se lembram, coitadinhos. Não se lembram de nada.

Eu empoleirava pelo Buraco da Caldeira acima e seguia ao meu destino. Minha mãe perguntava: tu que tanto tardaste. E eu respondia: a sua bênção, minha mãe. Foi quando apertei o dente morto no pequeno papel para o esconder melhor e fui acariciar meu irmão. Depois, fugi ao canto dos vasos a enterrá-lo.

Confessei: dei conversa aos da Porta Nova e aos das Melras, ainda encontrei os Cestas e o Pão e Peixe. Respondi ao Cego do Bailante. Vi a senhora Dolores. Toda a gente me veio inquirir. Estão as pessoas importadas com a nossa vida, minha mãe, com a vida de Serafim nosso. Eu tardei de desimportá-las um bocado, mas não sei se consegui. E voltei a pedir: mãe, a senhora deixa que eu dê colo ao menino. Só um pedacinho, minha mãe. Pode ser que ele cresça enquanto estou a olhar. Quero ter a certeza de que o vou ver a crescer.

*

DEUS DA ESCURIDÃO 69

Apupei: uuuuuhhhh, meu pai, tenho de fabricar. Meu pai, abaixo numa nesga de fazenda a cavar semilhas, subiu o rosto e acenou que não. Perguntei: minha mãe, o que faço. E ela respondeu: vai brincar, menino. Vai brincar daqui. Pouquinho dormia, e eu pensei que ia correr aos trambolhões até à praia. Ia para o mar do calhau. Estava sol, era verão, um tempo cada vez mais pequeno antes de sermos obrigados a voltar à escola, e eu alegrava descendo a ilha inteira para poder mergulhar nas ondas quase nenhumas do mar. Alegrava por lá fora como deviam alegrar todas as infâncias do mundo.

Naquela idade, pela euforia, eu conseguia chegar de nossa casa ao calhau em menos de uma hora. Pés de cabra, coração de pássaro, sangue de peixe. Eu não tinha adversário.

Cuidei da roupa, mergulhei desnudo. As origens iguais a um dedo lasso entre as pernas. Como as dos buzicos todos. Era sobre o que queria perguntar a doutor Paulino. Sobre as origens. O que tinham de pecado e o que tinham de função. Até que ponto fariam falta para a felicidade. E se eu também as perdesse. Se acontecesse de ser mordido ou, por ideia, ser cortado para igualar o meu irmão. Se eu cortasse as origens poderia aprender primeiro tudo quanto seria necessário ensinar a meu irmão. Pela santidade e pelo amor. Eu pensava naquilo. Pelo amor, sobretudo, que a santidade não dava aos homens da ilha. Só às mulheres.

Entraram na água uns oito buzicos, fazendo barulho e quase morrendo de tanta aventura. E eu juntei e mais berrei, que era nosso jeito de melhorar. No verão, quando nos libertavam de fabricar, soltos para azarar na ilha, não havia melhor do que os banhos. Mesmo que navegassem por ali peixes dentados. Peixes grandes. Uma vez, até golfinhos vieram para cá do Ilhéu, mesmo pertinho da terra. Muitas vezes, alguns asseguravam, para lá do Ilhéu navegavam tubarões. Dos verdadeiros. Muito assassinos e esfaimados. Eu nunca vi. Custava a crer que assim fosse. O nosso mar amansava bestas. Não havia bicho que ficasse zangado naquela água boa de estar.

O mar, essa imensa tristeza de água. Era como tanto povo se lembrava de tão grande companhia em redor da ilha. Mas eu ainda acreditava que ali se abria muita oportunidade, caminho e festa. Era, no entanto, preciso lembrar o que nos avisava Luisinha a cada autorização de navegar: o mar pode com todos e ninguém pode com o mar.

Alguém dizia que era melhor que eu apenas chapinhasse pertinho da praia. Porque se sangrasse do dente arrancado, o sangue chamaria predadores pelo mar inteiro e teríamos todos o corpo deitado à fome do inimigo. Era com razão. Fui sentar as cachadas no calhau, as pernas metidas na água que ia e vinha. A cabeça toda ao sol para aquecer pensamentos. Não havia maior sorte do que ser deixado naquilo. A infância podia ser só o risco constante do patetismo, de qualquer jeito, num furor natural, ela oscilava entre a permanente entronização e o nervo da miséria. Quando nos enchia daquela superlativa liberdade, tão feita de tempo e saúde, o corpo ágil, perfeito, sentíamos uma selvajaria esfuziante. Uma compulsão que se acossava sem moral nem dualidade. Cada um de nós era como uma revoada de disparos. Cada criança metralhava a vida em todas as direcções, numa potência absoluta. Éramos pessoas puras em nossas incompletudes e derivas. Nem que apenas naquele ínfimo instante, ninguém nos poderia conter. Não haveríamos de ser constrangidos nem confrangidos e não haveríamos de ser senão um enigma superpotente que reclamava o futuro, o âmago do futuro, essa poderosíssima confiança que detinha não a propriedade mas a perseverança. Eu pensei que teria uma solução imanente. Uma que viesse por dentro do corpo sem que eu soubesse ainda qual nem quando. Certamente como meu pai esperava ver chegar quando sentava ao espelho e se atentava sobretudo naquilo que ainda era malgrado da invisibilidade.

Era Nhanho quem chegava com sua leveza clarinha e sorridente. Não me chamaste. Protestava. Não me chamaste. E eu chamara. Mas Luisinha informara que ele estava de caganeira, sentado no vaso sem poder sair. E meu amigo fustigava no ar os braços, a fazer de luta contra mentiras e inimigos invisíveis, e dizia que estava melhor. Tão melhor que já podia caminhar ao calhau e mergulhar o cu. Se lhe desse a volta à barriga, ficava na água até passar. Era inteligente e higiénico. Ríamos. De tanto nos apetecer fazer festa, que pelo sangue das crianças já seguem confetes e refrigerantes, voltei a mergulhar também, com todos os outros acusando que eu fora ao doutor de manhã, tinha a boca a cicatrizar, poderia sangrar e chamar tubarões. Eu e Nhanho mexíamos a água toda. Eu jurava que fecharia a boca mas, na verdade, não parava de falar. Depois, saí de trás do Nhanho, não fosse a barriga dele doer e eu não ter tempo nem de me desviar nem de me calar.

Subimos juntos nossa terra oblíqua. Ao voltar a subir pela encosta ficava fácil perceber como nosso mundo era a inclinação de um lugar. E demos com maracujás-banana que estavam maduros e sabiam só a açúcar. Tínhamos parvoíces com os maracujás-banana. Trincados na extremidade, inventávamos que lhes metíamos a língua como nos beijos às actrizes da televisão. E a polpa suculenta do fruto nos vinha à boca e queríamos que fosse a língua de volta da actriz entrando em nossa boca também. Eu duvidava que as pessoas tanto se entrassem umas nas outras. Parecia muito. Mas Nhanho chegava a dizer que a língua podia ir até ao fundinho da casca do maracujá. Não sendo enorme, era o dobro de uma língua que eu alguma vez vira. A menos que os amantes fiquem de línguas em dobro. Apetrechados para beijar enquanto estiverem apaixonados. E eu dizia: o doutor não me deixou perguntar sobre as origens, Nhanho. Tu achas que as pessoas podem perder as origens em qualquer idade. Eu sei que as origens dos velhinhos são bêberas podres, uma pelica de galinha encarquilhada que se depena decadente. E se antes de sermos velhinhos ficarmos de origens imprestáveis ou tivermos de fazer as águas por um furinho ao lado. Está no hospital dos Marmeleiros um homem que come por um furinho no pescoço e outro que respira por dois furinhos nas costas que vão dar directamente aos pulmões. O meu amigo não tinha resposta. Só o doutor saberia coisas tão raras. Isso era assunto de livros. Não se viam pela rua respostas para tão grandes quebra-cabeças. Nhanho respondia: quando eu for grande, em Lisboa, vou arranjar uma mulher melhor que maracujá-banana. Eu respondia: não pode haver nada melhor que maracujá-banana e pitanga vermelhinha. Se houvesse, ninguém deixaria em paz. Ele perguntava: achas que isto piora a caganeira. Eu respondia: acho. E mais tabaibos em cima. Tu não vais caminhar de casa nos próximos dias.

A infância era praticar a teimosia. Na falta de respostas, nós pressentíamos que um dia haveriam de ter de nos confessar tudo e, quem sabe, pedir desculpa. Os adultos. Um dia, haveriam de ter de nos entregar o mistério do mundo. E talvez então lhes mijássemos os maracujás de vingança ou nos ríssemos de suas origens como bêberas podres. Nhanho disse: vamos amanhã ao doutor e perguntas. A professora Clara, da escola, bem que disse que aquilo que não se sabe pode estar à distância de uma pergunta. Quem não pergunta não avança.

No dia seguinte, de mau feitio, acorri ao consultório de doutor Paulino para lhe dizer que queria uma consulta só de fazer perguntas, sem me aleijar com nada, sem vacinas nem tesouras, sem martelos nos joelhos ou puxões no nariz para desentupir a alma entalada entre os olhos. Queria que ele soubesse que não podia ficar secreto com a sua ciência, nem eu ficaria secreto com as minhas expectativas e emoções. Em muitas ocasiões, para sermos grandes, mesmo que pobres, temos de encarar quenquer e desabafar o que nos calaram. E eu ia querer sentar-me para inquirir acerca de minhas dúvidas porque me parecia mais inteligência para doutor do que piedade para padre. Padre Estêvão muito me escutava em confissão, mas que saberia ele sobre a saúde dos corpos quando recebera chamamento para a saúde do espírito. Era de outro mundo. E eu ainda fabricava para este. Assim fui convicto, rápido, a Cima da Rocha, onde ficava o consultório. Contudo, quando lá cheguei, à salinha de espera com os mesmos chorosos de outras enfermidades, logo vi como a porta ao fundo do corredor cedeu e eu ia abrindo a boca quando de lá saiu dona Manuela. Era a esposa do doutor. Dona Manuela, que era só elegância e cortesia. Jamais haveria de alardear sobre origens diante de uma senhora assim. Mirrei para não ser visto e saltei dali como um roedor, feio e ridículo. Mas, mal saltei, meus pais chegaram com Pouquinho em seu casulo de panos, aflitos. Sempre aflitos. Que o buzico estava a colorir de verde e deixara de emitir som.

Éramos avisados. Pouquinho teria muito caminho para o doutor. Juntei a meus pais como se apenas acaso andasse por ali, e senti tanta vergonha de valer para nada. Tanta vergonha e tanto medo. E pensei que nosso santo sofria. Que sofresse me fazia sofrer também.

Entrámos. As pessoas na salinha de espera abriram as bocas de espanto. Era o crio sem origens. O crio angélico e puro que nascera para expiar os pecados do mundo. E levantaram-se e afligiram-se com sua cor e com a ansiedade de minha mãe e disseram que o doutor estava de conversa. Entrara alguém sem maleita alguma. Vinha aviar uma receita nova. Era assunto administrativo. Tanto assim que a dona Manuela estava dentro e fora como a passeio. Por isso, alguém foi bater à porta e disse: doutor, é o menino de Mariinha, pode estar a respirar pela pele, que os pulmões pararam. E ele ordenou: que entre. Que entre.

Fiquei na salinha e talvez meu irmão tivesse já morrido. Eu seria capaz de parar de respirar também. Assim o fiz. Inspirei quase rebentando, e detive o oxigénio sem mais. Ia morrer, a menos que escutasse algum grito de alegria celebrando a felicidade de Pouquinho viver. Nosso Pouquinho, aquele espacinho de corpo ainda sem palavras e justamente a começar a abrir os olhos, parecia uma bicheza de galinheiro. Um bocado de frango, filho de um palheiro, talvez uma codorniz, um pombo mais comprido, dois pardais juntos. O meu santo era improvável. Sofrer por ele seria incondicional. Inevitável. Eu haveria de o seguir se ele tivesse de ir já embora.

Caí sobre a cadeira quase desmaiado e outra vez foram gritar ao doutor. Que o Felicíssimo Irmão tombara nas cadeiras igual a uma sacola que entortava. Como me levaram para dentro, num estertor longínquo que me dificultava qualquer autonomia, escutei meu pai dizendo que Pouquinho ia ficar bem. Dizia-mo. Ele sabia que era minha súbita enfermidade. Dizia-mo e eu abri os olhos e pedi um abraço. Por mais difícil, meu pai mo concedeu e eu senti seu carinho pela última vez na minha infância. Então, perguntei: doutor, se eu perder as origens, mesmo agora e mais velho e mais educado, não poderia aprender tudo quanto meu irmão vai precisar de ser ensinado.

A minha mãe, com Pouquinho ao colo, distante no planeta onde apenas ela habitava, alagara os olhos. Talvez nem visse.

CAPÍTULO CINCO
A MENINA NA GARRAFA

Algo estava a suceder aos nascimentos do Campanário, porque a dezoito de agosto, muito antes de completar a gravidez, foi nascer ao hospital novo a menina de senhora Luisinha do Guerra, a quem dera uma freima. Nascera tão precipitada, tão à pressa e pequenina, que a meteram numa garrafa para acabar de deitar corpo e sobreviver. Deixaram-na assim por dias, a maturar, igual às ideias. Como Palinhos estava na ilha, desembarcado da emigração para África do Sul, viu a filha nascer no hospital Cruz de Carvalho, porque naquele tempo já não se nascia nos Marmeleiros. Foi a única das três filhas que Palinhos viu nascer. E aconteceu à noite, dez e vinte, escuro, quando a freguesia se deitava sem notícia alguma. Senhora Agostinha ainda apupou para saber se tínhamos novidade. E era minha mãe quem lhe respondia que não conhecíamos senão esperar.

Quando amanheceu e apuparam de baixo a noticiar, minha mãe apertou Pouquinho no peito e começou a rezar pela boa vizinha e pela cria da vizinha, que era de dois quilogramas, mas o doutor mandava que tivesse dois quilos e meio ao largar o hospital. Dormiria por ali a mãe, para amamentar, e podia ser visitada pelo pai, que a veria dentro de vidros, sem lhe mexer, adiando abraços e beijos.

Pouquinho nosso, diferente, ao nascer, se me fosse perguntado, pesaria uns gramas de semilha, não mais do que um quilo. Mas não era verdade. Se o desencolhêssemos, dava algum tamanho e certamente teria ossos densos, porque minha mãe explicava que ele era tão perto dos dois quilos e meio que não houve emergência para o hospital. As crianças muito pobres eram de menor uso nos hospitais. A vida encarregava-se de as curar. Era por isso que dizia que a tristeza curava metade. Não havia lugar a muita complicação. As coisas simples faziam o suficiente e, por vezes, uma autêntica demasia.

Se fossem convencionais, dir-se-ia que Pouquinho e a cria de senhora Luisinha iam namorar e casar. Era a tradição pelos nascimentos que coincidiam em casas vizinhas. Do Sítio do Jardim para o Sítio da Chamorra levava um quase-nada a descer ou a subir. Os buzicos haveriam de crescer a verem-se. O terraço de Luisinha punha-se todo à vista da casa dos Pardieiros. Os seus buzicos ali brincavam e bulhavam à volta das roupas sempre a secar e, das casas a erguer pelo Buraco da Caldeira, tudo se observava em queda livre e sem obstáculo. Pouquinho e a garota iam ser do mesmo tempo, mas ninguém brincava de os namorar porque não se namora sem origens. E a menina agora nascida estava tão por comprovar na vida que podia ser que nem chegasse a pular ou sorrir no terraço. Andávamos todos a deixar preces e a padecer de suplicar para que medrasse logo e entrasse em casa com uma vida que lhe pertencesse.

A minha mãe, já fortalecida e chamada para responsabilidades, baixou a alegrar a vizinha, levando, agora ela, as melhores semilhas e couves do tamanho de avestruzes. Eu, mandado por meu pai, acompanhei, para amparar seus passos, que levava Pouquinho ao colo num pano enrolado. Pouquinho era nosso pedacinho de Deus. Tínhamos tantas delicadezas por ele que podia ser exactamente igual a Deus que nós estaríamos sempre felicíssimos. Por aquela altura, meu sofrimento não podia esconder a felicidade. Meu irmão santo trazia uma felicidade que nenhum sofrimento roubaria. Afirmei à minha mãe, e foi a primeira vez que senti que também ela se aliviou de algum peso. Talvez ali houvesse compreendido que o sofrimento não nos impediria de também estarmos satisfeitos. Porque não. De modo nenhum. A felicidade é para depois de muito custo. Mas que custe é inevitável. É uma obrigação por sermos vulneráveis. Cheios de carências, tantas sem nome ou sem que as entendamos.

Estavam a Margarida e a Maria José em casa a ver a mãe deitada por uma ínfima brevidade, que Luisinha ali fora mais adiantar ordens do que permanecer. Era preciso que voltasse para o hospital em redor da cria nascida. E Nhanho perguntava se podia descer à estrada porque tinham guiado por ali um carro a deitar papéis. Uns papéis de alguma cor a sarapintarem o chão como flores achatadas. E eu ansiei imediatamente. Podíamos ir ver. Perguntávamos. Queríamos ir apanhar papéis como se fazia no tempo das eleições, a distribuírem imagens dos candidatos semelhantes a pagelas da igreja. No ano anterior, aquando das presidenciais, guiaram por ali um carro que espalhou tanto retrato que deixou o chão coberto. Eu e Nhanho dizíamos que era um chafariz. Ao invés de água no meio do jardim, deitava a cara de Ramalho Eanes. Apanhámos tantos papelinhos, ainda novinhos, limpos, que fizemos montinhos iguais a baralhos de cartas de jogar. Fomos estrada para trás e estrada para diante a catar tudo quanto podíamos e voltámos de mãos cheias, a dividirmos por igual a quantidade de papelinhos que guardaríamos. Foi senhora Luisinha, muito lentinha de cansada, quem disse: vão. Podem ir. E, depois, quando pulávamos de cangurus atabalhoados, acrescentou: vigia, olha os carros e os joelhos. Não vale se cair. E Nanho disse: mãe, ninguém vai se cair.

Eram uns papelinhos feios com pedaços de baleias mortas para protestar contra o fim da pesca dos imensos mamíferos marinhos nas águas de domínio da ilha da Madeira. Pareciam publicidades de peixarias ou talhos, para venderem os corpos desfeitos dos bichos. E diziam em grande umas coisas contra os políticos, a vermelho gordo. Não tinham nada de pagelas. E eram poucos. Poderiam ter sido jogados ao ar por uma velhinha sem força alguma, de tão esparsos pelo caminho, tão envergonhados, aninhados nas bermas como um lixo qualquer. Ainda assim, os colhemos a todos quantos pudemos. E havia uma alegria nesse gesto mecanizado, braçal, que talvez fosse reminiscência da colheita importante da comida pronta nos poios. Serviriam de nada, como de costume. Não eram para servir de nada. Era só para que tivéssemos alguma coisa, porque tínhamos tão pouca coisa.

Sentámo-nos na entrada da casa, junto à venda onde Palinhos atendia ao balcão. E ele punha ideias nas nossas cabeças, mas ouvíamos mal, ou estávamos ainda a mexer nos papéis e a pensar que melhor fora no ano anterior. Que bom seria se houvesse eleições constantemente, mais vezes, muitas vezes. Que bom seria se passassem ali a oferecer brindes novos às pessoas ou, ao menos, às crianças. Na Venezuela, jurava Nhanho, os carros que se conduziam distribuíam até canetas de escrever. Mesmo como chafarizes. Atiravam tantas canetas que havia crianças que estudavam um ano inteiro sem lhes gastar por completo a tinta e mais os lápis oferecidos. Eu, que confiava, ainda assim não poderia acreditar. Seria um sonho que nos oferecessem aquilo que fosse útil. Aquilo que tínhamos de comprar. Acedermos à abundância, a sermos tratados como ricos. Não poderia ser verdade. Contava-se que na Venezuela se ficava de bolsos cheios de dólares, notas norte-americanas que davam para comprar nos comércios do mundo inteiro. Já víramos dinheiro assim. Era com a cara de um homem, como o nosso também, mas tinha um ar mais nocturno, talvez com menos cor, como se fosse à luz da lua ou dentro daquelas casas onde não se abre muito as janelas, e a escassez de ver torna tudo pálido, como se passado a lápis, mas jamais a caneta. Era um papel mais molinho, ou estaria velho de andar nos comércios todos do mundo. Que as nossas notas não iam senão ao Continente e à meia-dúzia de ilhas onde viviam pessoas para comprarem. O emigrante que nos deixou ver tal dinheiro estrangeiro dizia que aquilo é que era um papelinho bom para amontoar. Pagela boa era pagela com cifrão. Um santinho da igreja abençoado com valor de troca era o único santo que fazia milagre. Eu e Nhanho só queríamos ver. Não estávamos minimamente disponíveis para vender ou sequer perigar a alma. Também considerávamos que muitas histórias que se contavam da emigração haveriam de ser mentira. Uma maneira de as pessoas se gabarem de viverem longe e zoarem da humildade de quem nunca partia. Como não teríamos modo de verificar, o que contassem tinha de valer. Mas nós bem víamos como alguns emigrantes se encharcavam de vinho. Muito daquilo era gente que já não juntava ideias. Abriam as bocas para soltar fantasmas e outros animais em susto. As bocas de alguns emigrantes mentiam muito mais do que as nossas, cujas vidas estavam expostas sem máscara no declive da ilha, por toda a parte.

Palinhos voltou a barafustar algum assunto. Olhava-nos segurando venenos e garrafas, e barafustava. Quando Nhanho respondeu: sim, meu pai. Então, Palinhos ordenou: vem ao balcão que o pai precisa de ir a uma coisa.

Os homens demoravam por ali com seus copos de aguardente ou cerveja, e o buzico da senhora Luisinha os servia, como servia os pesticidas ou os fungicidas para os campos a quem vinha no intervalo de fabricar. Falava-se muito alto, em ocasiões. Porque os desacordos se resolviam tantas vezes com barulho. Barulhar levava a grandes vitórias. E muito vencedor era só quem tinha melhores cordas vocais. Eu encostava-me sem mexer em nada. Aprendia que metade daquelas poeiras e farelos, em sacos grandes e para medidas ao grama, eram mortais. Os lavradores vinham comprar casca de ostra picada para que as galinhas não comessem seus próprios ovos. E vinham pela A-104 ração, para dar aos pintainhos. Compravam enxofre em pó, que cheirava ao dentro do cu e era quase sempre vendido avulso, em sacos medidos ao peso. Usavam nas vinhas, a maturar as uvas. Vinham os lavradores para buscar antracol, ou 605 forte, folidol óleo, ou outra coisa qualquer. Era para purgar a semilha ou o feijão. Purgavam tudo dos insectos e quaisquer inimigos. Dava mosca nas laranjeiras. Tinha de se matar. Para manter o campo fértil, era fundamental matar muito. Nhanho avisava, se comeres isto, morres. Se comeres antracol, morres. Se comeres 605 forte, morres. Morres logo. Se fossem à língua ou entrassem muito nariz adentro, morria-se com tremelicos. Nunca acontecera, porque ninguém duvidava, e por isso não se fazia a experiência. Mas era diagnosticado assim: se fosse à boca, dava um desmaio, a pessoa ficava bamba no chão, tinha forças nenhumas, gaguejava, gania um bocado como os cachorros que levavam um coice, começava-se a respirar sem ar nenhum, abriam-se e fechavam-se as mãos sem segurarem nada, os olhos reviravam para verem o caco da cabeça, depois, começava-se a tremer e tremia-se como se estivesse um frio da Sibéria. Não se pararia mais de tremer senão ao morrer por completo. A pessoa daria um estremeção grande, como um coice por dentro a separar os ossos, fanicava muito forte subitamente e punha-se morta. Era morta. Podia ser, então, enterrada para a eternidade. Não servia para mais nada. Ia só apodrecer. Nhanho dizia que alguns mortos, assim que ficavam mortos, no exacto instante, cheiravam logo mal, porque se largavam. Perdiam a etiqueta e portavam-se mal diante das pessoas. Era uma vergonha. Morrer, para algumas pessoas, é uma vergonha. Tem alguma coisa de mal-educado. Dizia. Porque não se consegue controlar nada. Fazem-se figuras feias. Isso também levava à tristeza das famílias.

Parar pela venda de Luisinha do Guerra era ir ao noticiário da Chamorra. O que havia nas redondezas ia ali dar de si. O que havia de susto ou estupidez. O que havia de maldade, inveja ou rara generosidade. Tudo era ali dito como se num vazadouro onde fosse inevitável entregar mentiras e verdades. Escutei que se considerava que o Pouquinho ia crescer amedricado, um afreimado constante, sem cura nem a convencional masculinidade. Não importava por ter medo, mas por se inclinar menos naturalmente nos amores. Eu não entendia rigorosamente nada do assunto. Um dos homens ainda chamou a atenção para a minha presença, solicitando algum cuidado, algum decoro no debate. Mas outros pensavam que a minha idade era toda feita de ignorância e distracção, pelo que eu não daria conteúdo ao que era dito. Mas afligi bastante. Senti vontade nenhuma de estar na venda.

Na estrada, sem que déssemos conta, passara novamente o carro desovando papelinhos. Ainda assim, não corri para os apanhar. Eram feios. Tristes. Até um pouco assustadores. Parecia mais um erro que se mandassem as pessoas ver aquilo, ler aquilo. Lembrava um cemitério para baleias. Uma morte que se estivesse a misturar com as vidas, de todo o modo também tão morredoiras, das pessoas. Bastava de feiuras e perigos. Eu queria que distribuíssem papelinhos com o São Bento, com o Eusébio ou com a Kim Wilde. Se fosse para produzir humanidade, impulsionar à alegria e criar ganas de gostarmos uns dos outros, deviam ao menos deixar pelas estradas papelinhos bem feitos com a cara daquela Sophia Loren, que parecia mesmo a Nossa Senhora iluminada por dentro. Eu não saberia quem era a Kim Wilde, mas tínhamos visto numa revista que espreitáramos dentro de um carro. Era um carro tão vermelho e comprido que não se adequava nada às curvas de nossas estradas. Podia ser que encravasse numa esquina de rochas e ficasse ali igual a uma lata a enferrujar para o resto da vida. Quando o espiámos de perto, fuçando como eram os estofos e o volante com manivelas de um lado e do outro, vimos bem a revista pousada com o rosto da rapariga loira e o nome em grande, um bocadinho a parecer escrito com facas sem cabo, só as lâminas. Era algo muito moderno e estridente, a fazer crer que a moça era perigosa ou má, lutava e vencia num desporto esquisito que não descortinávamos qual seria. Àquele tempo, a Kim Wilde poderia ser uma qualquer mulher importante que nos encarava de dentro de um carro, sem exactamente sorrir. Estava preocupada. Era bonita demasiado para um semblante tão importado. Concordámos, os dois, que era tão bonita que devia ser rica e mandar em pessoas.

Eu disse a Nhanho que ia acudir à minha mãe, decerto seria hora de subir a casa. Agarrei meus papelinhos colhidos, de facto como um raminho de flores achatadas, deixei-os sobre o balcão com um resmungo qualquer e subi a escadinha lá fora para chegar novamente à porta da casa e entrar.

Embrulhavam Pouquinho. Ou se lhe mudara a fralda ou se lhe espreitara. Estavam outras senhoras em volta de Luisinha. Chegavam para também se desdobrarem em votos de melhoras e de sorte. Mas eu não gostava da ideia de espreitarem Pouquinho. Ainda que fosse comum que as mulheres limpassem as porcarias às crias, não gostava que se metessem a espiar como era mordido nosso santo. Havia qualquer coisa de uma curiosidade má. Uma curiosidade que era tão grande que se parecia má. Eu tinha ciúme. Talvez. Tinha ciúme daquela intromissão, porque se intrometia no amor que só nós fazíamos por meu irmão. Quem não lhe fizesse amor melhor seria que não se aproximasse e nem quisesse saber. Era algo muito frágil, feito de fragilidade, e até os olhares podiam quebrar qualquer coisa. Eu disse: meu irmão, pôs-se uma tarde perfeita só para te consolar. As mulheres presentes sorriram. Senhora Luisinha, coitada, tinha mesmo cara de quem preferia dormir, mas era urgente caminhar para o Funchal, para amamentar e rezar na beira da cria. Tivera sua menina havia tão pouco tempo, estava atormentada da educação social. E Margarida e Maria José traziam xícaras de chá para as visitas ficarem de agrado. A mim, aquilo parecia já muito serviço e muito tempo. Foi quando minha mãe teve a piedade de declarar que subiria a casa.

A levar o nosso menino, empoleirávamos para casa muito mais devagar, e em alguns dias, pelo calor também, o Buraco da Caldeira parecia que muito mais descia e muito mais subia. Era um abismo com o dobro da altura e o dobro da fundura.

As filhas de Luisinha mandaram-se auxiliar o irmão, porque eu contei que Palinhos fora a algum lugar. Assim, saí com minha mãe e com Pouquinho. Para inventar conversa, e subindo pelo quintal ao invés de ir dar a volta pela vereda, eu brinquei dizendo que na ilha ficava muita gente emburrecida. Minha mãe ria-se. Queria saber se nós, que ali ficávamos, éramos emburrecidos. Eu respondia que sim. Haveríamos de ter orelhas compridas tardava nada. Depois, perguntei: mãe, a senhora acha que a menina de Luisinha vai crescer. E ela respondeu, sem pensar: claro que vai crescer. Vão tirá-la da incubadora e estará bem para crescer. Vai ser bonita e feliz. E eu respondi: mãe, a senhora acha que devemos dizer que Serafim vai namorar a cria de Luisinha. E ela disse: melhor será que digamos que vão ser grandes e amigos. Namorar é uma coisa sem planos.

CAPÍTULO SEIS
As Repetidas

As Repetidas de senhora Baronesa do Capitão estavam sozinhas sentadas no murinho rasteiro da estrada como à espera de alguma condução e procuravam segurar a comoção mas não conseguiam. As criadas eram feitas de arrepios, ambas de mãos nos joelhos, umas bolsinhas pequenas ao ombro, onde não caberiam mais do que minudências essenciais, chaves e dinheiro, talvez uma pontinha de pão para sustentar a ausência. Qualquer carro que por ali rodasse as via, pauzinhos brancos a tiritar de um frio interior que não existia por fora no nosso verão. Caladas, nervosas, sofriam inequivocamente em suas estranhezas.

Eu e Nhanho não nos aproximaríamos. Não tínhamos sapiência para o sofrimento dos outros. Muito o ponderávamos, mas debatê-lo quando mais acontecia era para heróis. Nós ainda tínhamos uma idade covarde para tal coisa. Até nos davam ouras, tonturas, de pensar que iríamos ali escutar que dor era aquela, certamente só sanável com alguma ajuda que jamais poderíamos prestar. Eu dizia: coitadas. E Nhanho respondia: não digas coitadas. E eu, a cabeça entre as orelhas, insistia: agora é mesmo de dizer coitadas. E Nhanho discordava: também não são coitadas. Coitados são os bichos desabrigados. Achas que lhes dói de alguma doença. Achas que vão ao hospital e morrem. Se morrerem, podem ir as duas a meias no mesmo caixão. As duas não enchem um caixão normal. E se calhar gostariam de ficar assim, juntas, para não se desencontrarem nem de Deus nem dos vermes.

Precisávamos tanto de passar. Não havia caminho de contorno à estrada. Só por asa. E nós precisávamos tanto de passar, mas a condução não vinha, e elas de lencinho enxugavam uma lágrima solitária, espiavam a estrada para lado e outro e nada. Esperavam, e nós agachávamos na curva, para que não nos vissem, e impacientávamos cada vez mais. Que horror que as pessoas se pusessem a chorar nos caminhos, atravancando a normalidade, impedindo o dia impune dos outros. Que pena nos criava, pois, aquele sofrimento exposto, como se nos culpasse de nossa covardia, nossa hesitação, nossa força para a normalidade. E Nhanho insistia que fôssemos embora. Poderiam ficar ali uma hora, e nós não podíamos envelhecer à custa de esperar. Mas eu não queria voltar. Íamos para diante. E tínhamos de passar. As Repetidas olhavam, quase nos percebiam ali, mas éramos tão rápidos afundando as cabeças abaixo do muro que nos tornávamos impossíveis de ser caçados. Até que senhora Dolores, subindo por nossas costas, vociferou umas boas-tardes, e nós saltámos em pé vistos por todos os lados. Senhora Dolores, que vivia muito melhor do que nós, tinha um marido que empregava Palinhos na emigração. Era atarefada de coisas importantes que davam emprego e dinheiro. E assim as Repetidas nos viram, e nós quisemos disfarçar caminhando a um passo de senhora Dolores, muito mais brava, decidida a atravessar diante das mulheres com a mesma bravura com que os aviões entram por nuvens escuras adentro.

Senhora Dolores disse: vim assim que pude. Como está ela. Sabem alguma coisa nova. E nós dissemos: podemos ajudar. E as criadas responderam: não, meninos. Obrigado. E nós fugimos de gratidão profunda por não podermos ajudar, e a senhora Dolores tinha ali ido propositadamente para o fazer, e o mundo seguia arrumado, harmonioso e complacente com nossa covardia. Conjecturámos que dera um fanico à Baronesa, que talvez fosse ela a azoigar. Só depois percebemos, quando mais tarde chegámos a mais pessoas, que lhe dera uma fúria e se enfadara das criadas. Ao menos uma vez por mês se assistia àquele episódio na beira da casa da Baronesa. Os nervos davam-lhe para despedir as criadas. Era isso ou furá-las com uma tesoura. Quando parece que gozavam as tardes costurando aqueles panos atrapalhados com que a mulher rica se cobria. Dava-lhe uma fúria por qualquer pequena questão. Bastava que um botão estivesse mal pregado, meio solto no tecido, a desmaiar sem brio, e ela começava por se frustrar e depois escalava para se ver como mártir de uma maldade sem fim. Que ninguém no mundo era tão sob um ataque daquele tamanho. Subia sua voz operática, ficava instável, a mudar entre uma voz da garganta e outra do estômago, uma que viesse do nariz e outra que fosse exterior, emitida como pela ressonância do crânio. A Baronesa era inexplicável. Por dentro e por fora. Um caso para documentário de televisão ou romance de quinhentas páginas. E senhora Dolores ia dentro de casa e conversava com ela. Em alguns episódios, conseguia que tudo acalmasse logo ali, e as Repetidas entravam submissas e sentidas ao mesmo tempo. Escondidas para a copa, a preparar logo o jantar, e a sobrevivência por mais um tempo. A Baronesa do Capitão ainda fanicava. Dizia-se que andava pela casa a latir mais que os cachorros. Queixando-se de sua indignação. Porque aclarava as ideias e encontrava mais argumentos para deprimir as criadas, para quem se julgava mais do que uma patroa, julgava-se uma deusa. Que ingratas as criaturas que não se vergavam perante a grandeza de uma deusa que lhes dava tudo, o tecto e a comida, a roupa e o silêncio perfeito da noite. Que não havia casa mais aquietada e preparada para um sono reparador do que aquela grande casa desenhada com inteligência pelo próprio Capitão.

Naquele dia, contudo, a senhora Baronesa do Capitão não perdoou, e senhora Dolores trouxe as Repetidas para sua casa, abaixo de nossa estrada, mesmo adiante de Luisinha, a casa de Nhanho. E nós vimos, pelas quadrículas da janela do quarto do meu amigo, como as Repetidas estavam esticadas em pé no terreno de Dolores. Esticadas, a servirem para nada. Quem visse, confundiria com as estacas de algum varal que se desusou. Eu pensei que aquilo não era ajuda. Não estavam nada ajudadas. Tive pena. Nós, que éramos tão urgentes em milagres, não conseguíamos repartir milagre algum com quem necessitava. Ainda que tão bem entendêssemos como se sofria, não éramos valentes para o sofrimento dos outros. Eu disse a Nhanho que não podia ver aquelas senhoras. Tinham mais abandono do que a bicheza. Vigia, estão tão sem destino que nem entram em casa, e senhora Dolores bem lhes abre a porta.

Levantei a casa e disse a meu pai: as criadas da Baronesa estão no terreno de senhora Dolores. Foram deitadas à rua. Dizem que a Baronesa as deitou ao lixo ou ia furá-las com a tesoura. Estão ali repetidinhas na rua, quietas. Que senhora Dolores manda entrar, e elas não entram. Estão a morrer a tarde toda. Pai, o senhor acha que as criadas da senhora Baronesa do Capitão podem morrer de não terem mais ninguém e não aceitarem mudar de dono.

O meu pai colheu a água. Não fez conversa. Indicou o que havia para fazer-se a sopa, e eu fui cozinhar. Pouquinho abria os olhos. Eu queria espantar para ele, mas não podia. Não tinha respostas e não estava sequer a saber fazer as perguntas. Eu dizia: mãe, a senhora que se alegre. Vigie, voltaram a nascer mil estrelícias. São tantas que se podem ir vender.

As mais das vezes, se eu não abrisse a boca, não se conversava. A nossa casa, nosso tão pequeno pardieiro, era um bocado de paredes a esquentar ao sol. E eu bem que esperava quando meu pai ia e vinha e rasava tão perto de minhas costas. Eu bem que esperava que me instruísse, educasse, que brincasse comigo, que risse de mim, de minha infância ignorante, que viesse com algum animal bonito, que tivesse um vaso novo que depositasse à beleza gentil de minha mãe. Eu bem que esperava que meu pai voltasse a rir, a alegrar, porque eu sabia que ele era tão bom, tão preocupado connosco, sempre incansável e feito de uma racionalidade lúcida. Meu bom pai, enorme corpo forte da família, nem naquele tamanho todo encontrava solução, um qualquer músculo que valesse para acreditar.

Quando não se acredita com o coração, é importante acreditar com os braços, com os pulmões ou com o estômago. A vida desafia por todo o lado, e a resistência tem de ir buscar sua ciência a qualquer pulsação, qualquer fluxo, qualquer golfada de ar. Até para amar. Maioria do amor é com os braços. Maioria do amor é feito com os braços. Com a força das pernas, com a cabeça obstinada procurando soluções para proteger. Meu pai amava pela fome. Naqueles dias, no entanto, nenhum amor parecia ter respaldo. Era à procura de onde doer. Ou era à procura de onde não doer. Porque talvez doesse tudo e não conseguisse pensar ou sentir de outra forma.

CAPÍTULO SETE
ÍAMOS PARA FORA DA INFÂNCIA

Agora, Pouquinho nosso olhava. Era suposto que dormisse dias e noites inteiros, mas ele mais olhava em silêncio, como à espera.

Abrira os olhos, ao fim de mais de uma semana de nascer, e eu corri de minha pequena cama para o quarto dos meus pais para saber como era seu rosto que estendia finalmente como uma flor aprendendo o sol. Seus olhos ficavam caindo de um lado para o outro, como se em todas as direcções fosse para baixo e houvessem de tombar, porque não fixava nada, e eu sonhara tanto que ele me fixaria, observando meu rosto para me reconhecer, ganhar consciência de que era de mim que saía aquela voz que já escutava confessar-lhe carinho e promessas de brincadeira. Pouquinho abriu os olhos subitamente e tudo lhe deveria parecer caindo ou indo embora. Certamente porque ia embora seu mundo mais interior. Esse de onde ele recusara sair por tanto tempo. O que ia embora era por dentro dele. Tudo o que havia fora se impunha, nossos rostos inclinados e ávidos, o pequeno do espaço convergindo sobre seu corpo, as poucas roupas penduradas nas paredes, o espelho, a cadeira, as almofadas, a arca dos lençóis e das mantas quentes, até o recorte da janela por onde entrava a luz da tarde, ou as lamparinas, a vela ainda alta que se mantinha na camilha para alumiar à noite. Tudo devia parecer-lhe cair para dentro de seus olhos, ao invés de caírem estes. Abertos pela primeira vez, eram agora um lugar que ia enchendo. Enchia de nós e de nossas coisas, nosso canto, nossa ilha. Minha mãe felicitou-se muito. Assustada com tudo o que respeitava a Pouquinho, ela assistia a cada coisa boa com um entusiasmo bonito. Foi à porta, buscou meu pai nos poios por lá baixo, e nem precisou de apupar. Ele a viu de imediato. Julgo que era por se amarem que se encontravam em silêncio, sem esforço. E ela só sorriu e segurou o menino, e ele logo entendeu o que acontecera. De outro modo, Pouquinho chegara ao Mundo. Estava sob uma fralda que lhe coava o sol. Veria uma nesga do chão. Dos vasos, das flores muito coloridas. E haveria de ser bom. De sentir que era bom estar ali e ser nosso. Minha mãe dizia que o buzico agora chegara ao mundo, como se pelos olhos fosse a verdadeira forma de entrar.

Naquele fim de tarde, meu pai sentou-se no lugar de sempre e parecia reparar em si mesmo de soslaio. A catar ou caçar de si alguma coisa por uma esquina do olho, sem encarar por completo seu reflexo. De igual modo, o espelho ali estava de estranha presença, quase sinistra, duplicando seu rosto, seu corpo que vivia naquele vidro frio sem volume nem toque. Meu pai do espelho, por um milésimo de segundo, poderia diferir do meu pai na cadeira, junto à camilha, ao lado da cama onde o menino sossegava. Era ele e eu olhando do mesmo soslaio a sua expressão desconfiada, inquieta. E quanto mais inquieto melhor se parecia dissemelhante, por caminhos bifurcando, partindo em destinos distintos, sem coincidência ou sem mais reencontro. O homem do espelho, por absurdo, de tão temido pelo homem na cadeira, partia dali. Por um receio, e por absurdo, eu pensava que não se voltariam a reencontrar. Que era dizer que meu pai, pessoa tão bonita de interiores sagrados, talvez nunca se apaziguasse na vida. Dividido profundamente como alguém que se quebrara sem remédio. O espelho talvez fosse indiferente ao que reflectia. Talvez fosse até inocente. Um objecto sem malícia, sem intenções. Mas o que nele acontecia era profundamente moral. Um questionamento moral que se colocava enquanto demolidor para quem se debilitava pelo interior. Angustiado, útil, eu pedi: pai, diga-me dos poios fabricados. Diga-me o que está a pôr lá em baixo, mesmo agora. E ele abstraiu de se perseguir a si mesmo e até levantou. Fomos à porta e deitámos cabeças ao precipício para ver o que contava. Era para o feijão. Pusera feijão, ainda que não fosse o tempo adequado. Antecipara-se. Mas o encosto do poio à rocha, o quieto do lugar e a água que ali dava abastada e fresca haveriam de favorecer que o feijão brotasse mesmo apressado de sua época.

Por um instante, escutando o que me instruía, pensei sentar-me na cadeira junto à camilha, meu rosto todo ao espelho. De repente entendi que talvez não me desse coragem de o fazer. Talvez não o pudesse fazer sozinho. Não sozinho. Poderia o espelho conspirar. Poderia minha cabeça conspirar à revelia. Poderia ser que fantasmas se dessem ao feitio de ficar por detrás dos vidros aguardando para nos surpreenderem. Não era a única coisa que deixava de fazer sozinho. Por alguns temores inconfessáveis, também não aceitava ler livros de cabeça para baixo, jamais passaria sob uma escada, não daria um

DEUS DA ESCURIDÃO   97

passo calçado de um só pé, nunca diria a palavra diabo ou inferno às três horas da manhã, nunca haveria de fumar ou namorar uma mulher que me batesse, que algumas pela freguesia batiam nos maridos, até velhinhos, remendados dos ossos e furados pelos peitos para operar corações, rins, bexigas, estômagos, baços, cérebros com pus e com pedaços alagados de sangue. Para depois de cada um destes gestos estavam todas as possibilidades. A sorte pedia muito juízo, e o azar fazia-se de qualquer nico de prevaricação. As vontades até das boas pessoas podiam ser pervertidas. Perversas, intercaladas com toda a bondade e decência possíveis. Eu não falharia nisso. O que me apontava ao infortúnio eu abandonava logo. Meus esforços eram todos no sentido de louvar e ser alegre. Tudo em mim partia de sofrer para o exercício da gratidão.

Meu pai explicou que nosso santo ia deambular com os olhos porque tombava ainda no mundo. Aparecia-lhe tudo ao mesmo tempo e era fundamental que fosse mantido calmo até que clareasse o nublado que lhe dava. Levaria bastante até ver com nitidez. É como o céu estar forrado. Ele dizia. Exactamente como o céu forrado dos dias de inverno. Por estas primeiras semanas, Serafim vai achar que existe uma luz e que nós somos manchas mais ou menos equivalentes a mover no ar, flutuando. Somos flutuantes. Por agora, ele nem sabe que temos pés e pousamos. Menos ainda sabe que ele próprio tem pés e pousa. Quem nasce é assim. Tu também eras assim. E agora sabes mais coisas do que trinta baleias ou cem lobos. Eu sorria. Era mais esperto do que trinta baleias ou cem lobos. Claro que sim.

Duas semanas mais tarde, vieram as meninas de senhora Luisinha do Guerra entregar um papelinho dobradinho com limpeza e cuidado. A letrinha de senhora Luisinha, que era eu quem lia, porque os meus pais cresceram analfabetos, avisava que a cria ia ser baptizada no dia trinta. Decente na fé, ou talvez porque Palinhos tivesse de partir novamente emigrado e queria marcar ainda presença numa festa importante, senhora Luisinha baptizava a filha, já rápido, e meus pais deitaram as mãos à cabeça e correram a padre Estêvão a pedir que Pouquinho fosse entregar-se ao Senhor no mesmo domingo. As festas costumavam ser de vários baptismos, manhãs inteiras a demorar para se molharem as cabeças a todos e se acenderem velas e apertarem abraços. Se Pouquinho fosse inscrito para dia trinta, juntava-se à festa da buzica e mais força teria a ideia de que, quando grandes, deveriam casar. O que haveria de ser impossível ou, ao menos, uma tristeza insanável.

Padre Estêvão explicou que havia algum medo que a menina de senhora Luisinha e de Palinhos azoigasse. Palinhos nem emigraria agora. Quem ia embora era senhora Teresa, irmã de Luísa, que voltava para a Venezuela, e os filhos de comadre Bernardete também estavam a sair para França. Se o baptizado fosse antecipado tanto quanto desse, estaria essa família presente, e a alma da cria sentiria certamente maior fortuna. Por compaixão, padre Estêvão juntou Pouquinho às cerimónias, e assim ficou que nosso santo seria deitado à água benta no dia trinta, para ficar protegido do diabo e de tanta maleita, ataque, feitiço, enguiço, nojeira que lhe quisessem destinar. Para azoigar, também já não estaria. Meus pais bem o declaravam, que ninguém haveria de azoigar. Eram para

DEUS DA ESCURIDÃO 99

ser buzicos débeis, mas adultos fortes. Disseram. Quantas vezes são assim feitos os mistérios, mas também as glórias do Senhor. Serão fortes e partirão para o Continente. Para Lisboa. Meus pais declaravam. Quando pudermos, nós mesmos iremos para Lisboa, a ver quantidades de gente e casas, a ver monumentos e igrejas com tantos anos e tantas almas que tudo vira infinito. Vamos viver para uma cidade infinita, senhor padre Estêvão. As crias têm mais sentido em lugares assim. Que aqui estamos todos dentro de um bocadinho muito fechado.

À volta da igreja, foram a Cima da Rocha para mostrar meu irmão ao doutor. E o doutor deu-lhe um comprimido dissolvido numa água que ficou azulinha e garantiu que aguentava mais uns dias. Pouquinho, sempre de olhos abertos, haveria de aguentar mais uns dias. Vivíamos com estas contas. Nosso calendário era miudinho, a celebrar horinhas e até minutos. Por mais que todos abríssemos a boca para afirmar que avelharíamos indubitavelmente. Avelharíamos casmurros como todos os velhos. A ficar de aspecto longínquo, todos antigos, como animais de outras épocas que procuram habitar ainda um planeta que foi embora à revelia.

O doutor tinha muito carinho por seus doentes. Havia tanta doença para curar numa freguesia grande como a nossa. E era tão demorado que se fosse até a Cima da Rocha, porque o íngreme das terras custava às pernas e ao zonzo dos mais debilitados. E o doutor, mesmo que proibindo mariquices, era um sinaleiro no trânsito da vida. Se íamos para um ou outro lado do destino, era tantas vezes doutor Paulino quem orientava. A inspeccionar nossos corpos, sempre a mandar a limpezas e dietas, atenções por toda a parte, que começavam a conduzir-se carros em altas velocidades pela estrada principal, o doutor servia de oráculo. Era tão importante que nós tínhamos medo e amor por ele. Nós tínhamos esperança no que diria. E o que dissesse era mais importante do que vinha na televisão, do que dizia Ramalho Eanes ou qualquer político. Com ele, sim, nossa vida era medida nos olhos, um a um, debaixo de um nome, debaixo de nossas histórias e nossos segredos, que o doutor sabia tudo. Nós mesmos lho contávamos. Mais que a padre Estêvão. Porque muita coisa que não era pecado, era só burrice ou sofrimento, não fazia sentido entregar a Deus. Ficava-se a gerir entre homens. Os que sobreviviam tão dificilmente e os que faziam sobreviver, também dificilmente, acreditei eu desde o primeiro instante.

Ao se levantarem nas nossas veredas, quando os avistei de fabricar, meu pai me mandou fabricar ainda. Eu quis muito ver meu irmão. Saber de suas cores. Mas meu pai assinalou o campo. Era para que ficasse no poio. Não terminara minha hora. Tinha corpo bastante para tratar de uma percentagem da sobrevivência. E eu queria ser bonito. Tratava de bastante sobrevivência. Quando chegasse o inverno, muito do que a gente se fazia piorava. Era mais a custo. Pelo que o certo era não nos rendermos ao bom do verão. Que o verão era bom sobretudo para fabricar com melhor condição. Naquela tarde, porque meus pais e Pouquinho haviam ido ao padre e ao doutor, a família sobreviveu por meu trabalho. Por mais frustrado que eu me sentisse, essa era também minha alegria e minha glória.

Nhanho dizia: meu pai mandou para a venda. Também

vou estar a tarde toda no balcão. Viera avisar para desfazermos os planos de irmos a assuntos de nadar e comer frutos silvestres. Quase todos os dias nossos planos eram suprimidos. Mudados ou simplesmente suprimidos. Na infância, os planos estão à mercê de um juízo exterior. Como se viesse um deus explicar as ordens para a santidade. Despedíamo-nos como se fôssemos para o estrangeiro. Tudo quanto adiava a infância era uma estadia no estrangeiro, um tempo por descodificar por completo, contado no mundo à contramão. Íamos para um lugar fora da infância. Despedíamo-nos porque íamos para fora da infância.

CAPÍTULO OITO
SABER MAIS COISAS DO QUE TRINTA BALEIAS OU CEM LOBOS

Nhanho espiou do terraço, e eu baixei à sua casa por nada. Andava livre pela tarde, fabricara toda a manhã, passara por água chuveirada da levada, tinha-me limpo e muito honrado. E contei que meu pai, Julinho dos Pardieiros, carregado de conhecimentos e culturas, tinha dito que eu sabia mais coisas do que trinta baleias ou cem lobos. Encolhemos os ombros. Era uma contabilidade impossível de se fazer. Que haveria de saber uma baleia que outra não soubesse e acumulasse. Deveriam navegar todas igualmente absortas, sem pensar em nada senão comer tubarões e medusas. Nhanho acreditava que a refeição da baleia era tubarão de prato e medusa de sobremesa. Mas o fundo do mar devia ser plantado de florestas mais doces. Mergulhariam certamente para navegar a mil quilómetros de fundura e abririam as bocas arrastando arvoredos e outra bicheza profunda. Deviam comer cem toneladas. O meu amigo dizia que o mar, nem o mar, não afundaria mil quilómetros. Devia afundar quinhentos. Mas mil não poderia porque escavaria até onde ainda ardiam os vulcões. Que sorte a nossa que os vulcões da ilha estivessem empedernidos havia milhões de milhões e milhardões de anos. Eram vulcões tão mortos que não fumegavam como em outros lugares do planeta ainda se via. E que sorte não houvesse também lobos por nossas terras, nem muitos cachorros selvagens se encontravam. As figuras de rapina na Madeira eram todas de voar. E mais havia lagartixas e ratos. Que as pessoas chegavam à venda para comprarem melico, e havia quem se enganasse e tivesse aquilo parecido ao mel pelas cozinhas e tomasse uma colher. Dava uma caganeira perto da morte. Depois, queriam abrir um buraco para a barriga, a ver se arrancavam o estômago que se punha a arder cheio de picos. As lagartixas, espatarradas, rasteirinhas nas beiras dos muros, não demoravam nada a falecer. Falecidas às centenas por cada bocadinho de melico. Não era bom que lhes mexêssemos, porque tinham veneno pelas bocas. Colhíamos com paus para dentro de baldes, porque os animais domesticados poderiam morder-lhes e de igual modo se envenenar. Iam para foguear. Cheiravam a quase nada. Inclinávamos muito perto e adorávamos atirar uma a uma para as labaredas eufóricas, porque era uma purga essencial para nossos plantios, mas eu tinha a opinião de que cheiravam quase nada a queimar.

Olhávamos o Ilhéu no mar e tanto nos apetecia ir ao calhau nadar. Mas estávamos de plantão à senhora Luisinha. Délia vinha embora. Engordara para dois quilos e meio, já cozinhara o bastante para a vida em casa. Nhanho dizia: desengarrafaram a minha irmã. Riamo-nos. Sabíamos que aquilo no hospital, nos quartos da maternidade, tinha o nome de incubadora, mas isso soava mais a um maquinedo qualquer de fabricar. Não era palavra para se usar acerca de uma cria tão bonita. Dizíamos garrafa e dizíamos que bom. Eu perguntava se ele já a tinha visto, à menina. E ele contava que sim. Deixaram-no entrar, aos pinchos de bilhardeiro, a querer espiar tudo e mais a perguntar e a deitar conta se havia coisas de sobra com que o presenteassem para trazer. Nem que pedaços de coisas que servissem de brinquedos ou para estudar e guardar.

A menina era branquinha. Muito branquinha, feita um luzeirinho, porque o que quer que se acendesse junto dela lhe acendia o corpo também. Era tão visto quanto o papel, a folha vazia do papel. Os doutores tinham informado que ela ia dormir dias inteiros quase até ao inverno. Um outono todo de dormida e sem grandes reacções. Nascera tão cansada que descansaria longamente sem outra tarefa. Era preciso pensar que a sua tarefa agora se definia por isso mesmo, descansar. Então, quando viesse, haveria de se inventar um silêncio absoluto. Uma calma em cada assunto. A menina teria de sentir que havia nenhum perigo nem nenhum desconforto. Nhanho e eu baixávamos um pouco as orelhas. Em algumas brincadeiras, antes de nos apercebermos, gritávamos. Não tínhamos pensamento para aquilo. Acontecia para nossa própria surpresa. Íamos redobrar a atenção. Já o tínhamos feito. Mas era verdade que nunca o havíamos conseguido. Nhanho dizia: meu pai ameaçou de me deixar a cama na venda. Se atazanar a buzica, fico a dormir sozinho na parte de baixo da casa, onde cheira a álcool e pesticida. Provavelmente, morro de abafar ali de porta fechada. Eu disse: e mais os fantasmas e as aranhas que deve ter. Se eu dormisse sozinho ali, duas noites me bastariam para ir para o Trapiche à sentença do doutor Saturnino. Uma noite.

DEUS DA ESCURIDÃO 105

Pensando bem. Uma noite já estaria preparado para diagnóstico. Eu tinha medo de aranhas. Quando afirmava ser muito forte, corajoso, destemido para qualquer combate, nunca abria a boca para lembrar a existência das aranhas. Se estivessem em causa, todo eu seria humilhação pura, o retrato linear de um derrotado. Preferiria sucumbir sem sequer tentar. Iria ao precipício e cairia dali para o esquecimento eterno. Quanto a tal coisa, estava perfeitamente entendido. Jamais o confessaria, para que não ocorresse ao inimigo o uso da aranha contra mim.

Margarida e Maria José estavam ao balcão, e nós entrávamos em casa para saber se Luisinha, muito deitada ainda, agastada mas feliz de esperar sua filha, chamava ou queria algum recado. Dormitava sem sarilho nem bulir. Sentámo-nos em silêncio para não a acordar no quarto ao lado, e, com toda a naturalidade, havia aí uma cómoda ou um psiché, em que um espelho fazia ricochete do feixe de sol que afunilava numa quadrícula da janela. Era um pedaço de sol, como um fio de fogo quente a entrar e a bater no espelho, desviando-se dali para o tampo do psiché, onde alguns objectos se pousavam, como um santo esbotenado e um caderno de escola com rasgões algo rebeldes mais um lápis. O meu amigo não repararia, porque eu nem abri a boca e procurava disfarçar, mas encarei-me mantendo-me afastado, procurando fazê-lo sem confronto, para não ser agressivo nem parecer herói. Podia, assim, apresentar-me mais respeitoso, para o caso de as figuras no espelho se tratarem de um povo autónomo a viver no vidro frio sem depender de nós. Podia ser que, depois de reflectida nossa imagem, ela jamais nos fosse devolvida. Poderia consistir noutra entidade, até com outra identidade, que seguiria por novo destino. Se faria competição connosco ou se seria totalmente desligada de nossa existência, isso eu não conseguia decidir. Havia uma hesitação na hora de me encontrar duplicado, replicado, perseguido em cada gesto por aquele vidro de imitar o que estava diante. Por me calar, cabeça na lua com aquelas ponderações, Nhanho interpelou-me já buscando no espelho que raio estaria eu a ver. Que raio estás tu a ver. Ele perguntou. E eu não saberia responder. Pedia que nos sentássemos de frente para o espelho. Os dois. Para que testemunhássemos de igual modo. Se algo se alterasse, se houvesse alarme, deturpação, perturbação, perigo, crime, morte ou mortos, eu queria que os dois o soubéssemos. Estaríamos legitimados para colocar todas as questões e especular qualquer solução, porque daríamos cobertura à certeza de não havermos enloucado. Enloucáramos nada de nada. Qualquer reacção do espelho, uma ínfima investida sobre nossos corpos e nossas dignidades, estaríamos esclarecidos. Eu queria só isso. Que nos detivéssemos a percorrer nossas próprias formas sem mais. Era o que julgava fazer meu pai. Percorria suas formas. Media o brilho no olhar. O fundo dos olhos que se alonjava paulatinamente. Nhanho, mesmo sem o saber, se parasse diante do espelho, saberia se no lado de lá ocorresse alguma traição. Se fosse um jogo, fácil seria de entender que acontecendo algo assim se incumpriria a regra. Decorria de uma inteligência elementar. Era a base da inteligência. E parámos. Por me acompanhar, o medo não se colocava. Colocava-se sobretudo esperança. Estava esperançado que dali pudesse ganhar sabedoria. Crescer mais um pouco. Mais depressa. Que a família teria tanta serventia para outro adulto de verdade.

Deus da escuridão 107

Eu contei que, desde o nascimento de Pouquinho, meu pai se punha ao nosso espelho e se esperava de alguma coisa. Não sabia dar razões para aquilo, e eu já me deixara a interferir, como a pôr-me na imagem de penetra, claramente juntando meu fantasma do vidro frio sem ser para ali convidado. Também já ficara apenas a assistir a meu pai da cadeira, sem poder compará-lo com o que era deitado para dentro daqueles nenhures onde ficava o mundo do vidro frio. O seu silêncio era uma constante e alguma impressão de culpa. Eu sentia que se culpava, ou queria que dali viesse alguém a quem pudesse pedir algo, talvez perdão. O medo sempre pergunta sobre a culpa, porque a coragem constrói a partir da convicção de se merecer, ou não, vencer o obstáculo.

Não acontecia bizarria alguma. Éramos dois garotos a cansar o espelho. E dizíamos: e se víssemos um monstro atrás. Um que não estivesse no quarto, mas que aparecesse no espelho para nos matar. E se nos matasse no espelho, mesmo que não nos matasse aqui no quarto. Já pensaste que poderia haver uma morte daqueles que estão no vidro e depois, sempre que chegássemos diante de um espelho, não haveria ali ninguém, porque eles teriam morrido em definitivo. Nenhuma imagem. Nada. Eu acho que seria bom que não houvesse ninguém do outro lado do espelho. Não gosto que o vidro fique a imitar o que faço. Preferia passar diante e seguir incólume, sem me fazer sentir que, mesmo sem dar conta, enquanto estive neste quarto, também fui atirado para o fundo daquele mundo onde jamais poderemos entrar de verdade. Tudo neste vidro é um furto. Um roubo. Não pede licença. Mas toma quanto pode. Meu pai deve estar revoltado com o que por ali entra sem garantia de regresso, sem uma absoluta devolução.

Depois, eu disse: Nhanho, meu pai deixou de me

abraçar. Eu tenho a impressão de que meu pai desaprendeu de gostar de mim ou eu fiz alguma coisa que ele não quer acusar.

E Nhanho corou. Pobre. Como com as Repetidas, ele não tinha solução para a minha tristeza. Só poderia fazer-me companhia. Inventar alguma brincadeira. Brincar por alegria e piedade cristã. As crianças não podiam comparar os pais. Não deviam dizer nada sobre os pais. Amavam-nos tanto que nunca entenderiam suas razões. Os pais existiam como se suas cabeças fossem de outros animais. Um elefante, talvez, que diziam ter uma memória infinita.

Eu senti quase saudade de meu pai, que estaria ali à vista no nosso precipício. Eu senti quase vontade de correr a ele e lhe pedir perdão.

Escutámos um barulho, e era o carro que vinha trazer a buzica. Fomos a correr ver. Descemos as escadas aos atropelos entre tantos vasos e tantas flores, e foi entre tantos vasos e tantas flores que a menina passou. Senhora Luisinha do Guerra plantava com muito cuidado. Gerberas e azáleas, orquídeas e sapatinhos, rododendros e begónias, frésias, gerânios, coralinas-cristadas, aipo-do-gado, roca-de-vénus, coroa-de-henrique, amarílis, flor-da-paixão, açucenas, estrelícias, leitugas, dedaleiras-gigantes, ensaião. A menina passando alumiou as flores, que se abriram polinizadoras e perfumadas.

A casa de Luisinha do Guerra era uma escolha sentimental do vasto jardim da Madeira. Quem a via, entendia como fogo nenhum de sete ou cem anos haveria de impedir que aquele chão e aquele sol inventassem os seres apetalados deslumbrantes e intrincados que por ali se inventavam. A ilha em flor, o promontório orgulhoso de sua cor. A Madeira bruxuleava suave. Nenhum mestre de pintura, por mais genial, faria um nico do que ali havia. Nem a casa de Luisinha se explicava só pelos olhos. Era pelo sagrado. Por uma humanidade tão distinta que nos haveria de salvar a todos.

Eu mesmo cheguei a dizê-lo a Nhanho: a cristandade de tua mãe ainda nos haverá de salvar a todos. A de tua mãe, a de senhora Agostinha, a de minha mãe. Esta cristandade das mulheres. Que os homens são mais postos a falhar. Sabes, que sorte que tens irmãs. Olha que sorte que tens irmãs. Eu acho que Deus guarda para as mulheres um pedaço muito maior de ternura.

CAPÍTULO NOVE

A PITANGA COMO SAGRADO CORAÇÃO

Debruçámos demasiado as cabeças em cima, e Palinhos mandou-nos sair com uns safanões, que nos pusemos escapulidos para o terraço com menos de um minuto de ver a menina. Pude reparar que era tão mais clara do que eu, que nunca vira ninguém tão claro. Por mais acostumados fôssemos de ser mestiços, não havia costume para uma diferença tão grande, e eu fiquei maravilhado. Eu disse: a tua irmã é sem cor. Se comer uma pitanga vai ver-se a pitanga dentro da barriga, como as relíquias dos santos nas esculturas da igreja, aquelas que mostram dentes guardados ou mechas de cabelos e pedacinhos de osso.

Alguns santos, absurdos, tinham o coração à mostra. Muitos até com espadas, como se estivessem a preparar uma refeição no próprio peito. Pensámos que Délia ia comer uma pitanga madura e se veria através de sua alvura igualzinha a um coração. Por cada pitanga, o coração haveria de acender aos nossos olhos e depois apagar, talvez sossegando, talvez intermitente como a emitir em código Morse alguma mensagem sincera, importante, salvadora.

Luisinha já lhe mexia em amores e sentia-se abençoada, e não havia venda por uma hora, porque todos queriam subir a saber da cria. Quem chegava, chamava da estrada e ia portão acima das escadas para festejar que Luisinha e Palinhos tivessem mais família. Já era um pouco fora dos tempos, porque Nhanho ia com diferença de dez anos inteiros contados, e as outras irmãs ainda mais velhas. Délia fora uma escolha de Deus, que surpreendeu bastante a terra dos homens e das mulheres.

Naquela tarde, sem haver bulício pelos céus em lado nenhum, nenhum vento, sem ruído, nenhum som, eu e Nhanho vimos os flamingos passarem de novo. Mil vezes mil flamingos cor-de-rosa voando num silêncio absoluto, e a nossa estrela vazava aos poucos por tão espessa quantidade de aves que faziam um abrigo gigante sobre a ilha. O povo dos flamingos continuava a migrar. Eu disse a Nhanho que o povo daqueles migrava para terras melhores, mesmo que não fosse época nem estivéssemos na rota. Era uma coisa sem sentido de se ver. E ele respondia: estou a ver. Porque antes daquilo ninguém me acreditara. Dúvidas até eu tinha. Mas a certeza também. E, mesmo sendo um garoto tão certo e assíduo, os outros preferiram descuidar de me ouvir. Pelas dúvidas, não fiquei amuado. Mas fiquei triste que visse algo sozinho.

A solidão é sempre uma espécie de fim. O fim de um lugar. Como se não houvesse mais para onde caminhar. Caminhar daqui embora. Eu pensava. Quando sentia estar só, aquilo de ser por dentro do peito, onde se dizia mais doer, pelo coração, ou pelas veias que forneciam o sangue ao coração, eu pensava que o mais importante era caminhar dali embora. Não me deixava muito tempo a contemplar o desalento ou a sentir qualquer abandono. E Nhanho, como eu da primeira vez, por ser tão densa a multidão sobrevoando, atirou as mãos ao ar como se a pudesse agarrar.

Se lhes chegássemos com as mãos, como fazíamos aos papelinhos jogados nas estradas pelos carros de propaganda, poderíamos enriquecer de flamingos. Deitá-los a nadar nos charcos. Podíamos até fazer um charco maior, desviar da levada a melhor água e flutuá-los ali, parecidos a estrelícias com olhos e palavras de bico. As aves, tantas delas, eram iguais a flores estonteadas capazes de falar palavras de bico. Imagina que as nossas flores deitavam patas e se punham a discutir assuntos de bico, como os pássaros. Eu dizia. Nhanho estava de olhos no céu. Era atirado para cima. Nem escutava mais o que acontecia no chão. Como eu, pousaria nos próprios pés lentamente. Embasbacado e lerdo. Senti-me orgulhoso. A partilha de uma maravilha trazia mais maravilha ainda. E eu sentia-me orgulhoso de ter sabido daquilo primeiro. De ter merecido saber daquilo primeiro.

Subitamente, apuparam dos Pardieiros. Era justamente dos Pardieiros que se escutava um chamado tão depois de nossas cabeças ainda erguidas. E a aflição estava na voz de minha mãe, que nem dizia palavras inteiras. Gritava num pranto, dava-lhe um pranto que nem entendi que seria. Já meus pés pisavam pelas veredas mais velozes do que nunca. E Mariinha dos Pardieiros continuava gritando, quando pude entender que Pouquinho havia caído, havia saído, morrido, sumido, comido, era comprido, ou amigo, ou estava em perigo, talvez foragido, parecia que tinha ido ou partido. Eu escutava uma palavra que não definia, mas que era má, punha-se de má. Comecei a imaginar que lhe sobrara o corpo sem mais vida. Como seria possível viver tão pouco, ser tão pouco. Termos tão pouco santo, tão pouco filho e tão pouco irmão. Um que já era pouco no corpo ia ser sempre pouco rapaz, pouco grande, pouco feliz. Se meu irmão houvesse morrido, se houvesse fugido ou sumido, se nunca mais o víssemos, se não lhe ouvíssemos mais o respirado ténue, tão quietinho, que lhe pontuava a pequena vida, eu iria tombar igual. Não aguentaria uma tristeza tão profunda, tão grande crueldade.

Enquanto me levantava pela Caldeira acima, Nhanho fora alarmar ao centro da alegria que se fazia na casa de Luisinha do Guerra. Alarmou, e dois homens caminharam dali também para a casa dos Pardieiros. Mariinha dos Pardieiros apupara a pedir por seu marido, mas meu pai fora no horário à Ribeira Brava. Até que o horário de volta passasse ao fundo pela estrada, demoraria a tarde toda. Naquele dia, com uma nota do dinheiro que a Baronesa do Capitão nos dera, Julinho dos Pardieiros traria uns papéis que licenciavam os fios eléctricos para nossa casa. Saberia depois, haveríamos de ter uma lâmpada para afugentar a noite por uma ou duas horas. Para cuidar do buzico, uma lâmpada serviria de graça divina. Foguear as velas, ou a tão amolgada lamparina, era um atrapalho. As pessoas do século viviam todas com electricidade, e se nós houvéssemos de ter electricidade, haveríamos de ser do século. Iguais. Cidadãos iguais. Democratas numa democracia. Como dizia Julinho dos Pardieiros. Que ainda se lembrava bem a ditadura, como ela piorara as vidas de todos em favor da pobreza e da vergonha.

Minha mãe tinha os panos do Pouquinho vazios. Seu casulo abandonado. Num pé que pôs à cozinha e voltou, a cria já não estava lá. Não havia menino. Eu pulei. O corpo todo me mexia sem que eu lhe desse sentido. Era impossível ficar quieto. Por dentro, ossos e músculos buliam a pedir comando, e eu não sabia o que comandar. Dizia por pequenos gritos. E baralhava os passos no cómodo exíguo, e mais me afligia sem partir nem ficar por inteiro. Espiei debaixo da cama, debaixo da cadeira, de outras cadeiras, sob a camilha, na cozinha, onde estava meu colchão, e fui espiar o precipício, pela mata e pelos poios, pelos vasos, as flores nos vasos e as flores silvestres, o escuro onde se via quase nada. Se nosso santo tivesse movido para ali, saltando para a fundura, tão mínimo e delicado, até uma lagartixa o engoliria. Se nosso santo tivesse saltado dali, a altura o consumiria como um pedacinho de gelo que evapora no calor.

Mãe, senhora, meu irmão pode ter caído aqui. Eu perguntava. Quando chegavam os homens, minha mãe segurava-se ao rosto como se tentasse arrancar os próprios olhos. E respondia que não sabia. Tinha dado um passo na porta para a cozinha. Desfez o passo para trás e o santo já não havia. E eu pensei, à passagem dos flamingos. E pensei, passavam mil vezes mil flamingos naquele instante. Sentei na berma da cama de meus pais sem mais mexer o corpo. Diante, junto à camilha, o espelho imitava minha confusão. Podia ser que o espelho tivesse tomado meu irmão inteiro e o levasse para dentro do vidro frio. Podia ser que não houvesse mais o lado de cá de Pouquinho. Apenas o lado de dentro, imaterial, onde não o poderíamos encontrar. Não poderia ser abraçado, amamentado, posto a dormir como gostava, com cócegas na barriga por um tempo, depois, de papo para o ar, sem mais carência.

DEUS DA ESCURIDÃO 115

Quando os dois homens baixaram dos Pardieiros para vasculharem a queda inteira, gritava-se e apupava-se para que outros acudissem na busca. Mas eu, a pensar e sem saber o que pensar, observei minha mãe e esperei. De tão desesperada, parecia não largar seus olhos em paz, a tentar tirar dos próprios olhos alguma coisa, senão os próprios olhos. Talvez buscasse não ver. Buscasse a escuridão. Com os dedos molhados, pelas lágrimas e pelo suor, desfigurava-se. Descompunha o rosto e tornava-se irreconhecível na dor. Já havíamos passado por dores grandes, e conheceria muito bem como se fazem feios os prantos, que nos entortam e estonteiam. Mas Mariinha dos Pardieiros, Mariinha nossa, estava mudada num ser irreal que dava dó e medo. Por isso, abracei-a ainda pequenito, a passar-lhe acima da cintura. Abracei-a como se quisesse trazê-la de volta de um lugar para onde fora sozinha. E ela, desconcertada, procurava deambular como um pião. Passo atrás e passo adiante, sem destino. Numa certa órbita, eu era como os anéis dos planetas, infalível em seu redor como um atilho que a mantinha junta, sem se despedaçar. Naquela tarde, assombrado, eu entendi que qualquer resposta haveria de estar bloqueada na cabeça de minha mãe, e era preciso que ela regressasse daquela freima. Que regressasse daquela lonjura que se criara em sua cabeça. Então, comecei minha súplica.

Mãe, a senhora deixe que eu procure nosso santo. Posso ir procurá-lo, minha mãe. Nem que seja perigoso ou longe, nem que estejam lá feras ou não tenha regresso. Melhor que eu fique com ele do que deixá-lo sozinho. Posso saltar, se for a caminho do precipício, minha mãe. Eu salto, se é isso preciso para salvar o mundo. A senhora que deixe, vigie, a senhora que deixe que eu vá para onde o meu irmão estiver e cuide dele. Se meu pai estivesse aqui, meu pai iria. Eu tenho a certeza. Mas meu pai foi à luz, e somos nós que temos de decidir acerca desta súbita escuridão. Mãe, a senhora que diga se o santo tombou na fundura, diga, mãe, se for de tombar eu não tenho medo. Mais medo me dá que meu irmão seja sozinho à boca dos bichos, a podrir por feridas que abra, perplexo no abandono. A senhora que diga, mãe, a senhora que diga onde devo ir.

Mariinha dos Pardieiros sentou-se sobre os joelhos, desmoronada. Ruíra de si mesma. Era pelo chão. Dizia que o menino entrara na escuridão. Ficara tão escuro em volta que não se tornava mais possível enxergar coisa alguma.

Certamente pelo medo, pela pressa do sangue no interior do corpo, o espelho silente insinuava ondular. Ou o modo como caíramos de corpos no chão abalara as madeiras e o espelho reflectiu sua pequena vertigem. Ondulou. Tive a impressão de se mover sozinho, aflito por dentro, na sua ínfima espessura onde todas as coisas eram apenas fantasmas das coisas reais.

Segundos depois, minha mãe gatinhou joelhos no chão e abriu a arca pequena onde, perfeito em sossego, deitado sobre os lençóis mais limpos, estava Pouquinho. Era calado. Via. Eu considerei que ele já via. As pupilas coordenadas, intermitentes no rosto de nossa mãe e no meu rosto. Pouquinho via-nos e permanecia tão quieto e à espera, que não se passara nada. Era de sonos breves e mantinha vigília sem estardalhar. Atentava. Não solicitava. O crio tinha paciência e apenas esperava. Naquele silêncio que se fez, o santo sorriu. E eu disse: mãe, vigie como sorri. Vigie sua paz. Mariinha, certamente exausta, desmaiou sobre o meu ombro, abandonada depois do primeiro sorriso de Pouquinho. A paz de minha mãe era depois da paz dos filhos. Jamais antes.

Deixei que se estendesse sobre o tapete. Alcancei as almofadas da cama, acomodei-lhe a cabeça. Cobri-a com a manta. Escutei como quase ressonava. Estaria adormecida de exaustão. O pânico lhe trouxera a exaustão.

Fui à porta, inclinei a boca ao precipício, e apupei a quem fustigava o mato e revirava as flores para que soubessem que o menino estava aparecido. Desalarmadas as pessoas que festejavam na casa de Luisinha, suspirando toda a gente, escutaram-se vivas e louvores, preces de gratidão para que Deus soubesse de nós. Pelas veredas se pulava e abraçava, a vizinhança em abraços era como toda a gente na infância, a recomeçar tudo, a recomeçar o esforço e a esperança, a recuperar a alegria e a vontade de falar. Os adultos todos como buzicos em festa, sem olharem às figuras, tortos e a entortarem mais, porque brincar era perder a compostura, deixar de parecer pessoas e parecer qualquer coisa que exista ou não exista. Passavam a parecer da bicheza, atirados até ao chão para descansarem as pernas e os braços de tanto haverem vasculhado por detrás e debaixo de tanta pedra e arbusto.

E eu aguardei só por meu pai, porque era de se pedir ao doutor que auscultasse o medo de minha mãe. Se o doutor Paulino considerasse um perigo grande, eu temia, talvez tivesse de ser auscultada por Saturnino no maligno Trapiche. Quem sabe esbranquiçaria depois a vida toda, sentada à nossa porta, mole sem ossos por dentro, a derreter à vista da paisagem, entretida só com sentir o sol e escutar o que lhe houvéssemos de dizer. Íamos inventar uma conversa sem resposta. Uma que fosse tão inventada que tivesse a presunção de responder por ela. Para que ela ainda acreditasse estar a valer de algo. Mais do que as plantas, mais do que os vasos. Uma mãe vale sempre mais do que as plantas, nem que as mais belas e perfumadas. Quem sabe, minha mãe regressaria pela metade do Trapiche, um bocado de mãe, um bocado de Mariinha que nos faria uma pena inacabável, um silêncio inacabável no interior, por onde continuaríamos a morrer sem tréguas.

Pensava nisto. Pensava em tudo. Mais pensava de não saber o que concluir. Quando, em casa, estava já meu pai e eu não podia entender de onde saíra. Dentro de o quê haveria estado, se não tínhamos mais que uma cozinha e um quarto, uma porta de rua e uma porta de dentro. Não caberia seu corpo inteiro na arca onde se deitava Pouquinho. Meu pai altíssimo e forte, de braços longos que agarrariam qualquer animal do gado, não caberia atrás de uma cadeira, debaixo da camilha ou da mesa da cozinha. Ele jamais caberia no baixo da cama. Era quase para dois tamanhos dos pais dos outros buzicos. Contava-se que tinha vindo de um povo de pessoas que chegavam a ter alturas de árvores. Era feito de muitos metais por dentro, articulado por parafusos e roldanas. O meu pai, Julinho nosso, conhecia-se talvez na ilha inteira. Que quem o via não podia esquecer. Pelo que não tinha sentido que, adiante eu no precipício, pudesse ele surgir de trás, da estreita habitação sem esconderijo, como se viesse da própria espessura da rocha, por onde não passaria corpo de nenhum bicho. Não havia caminho nem buraco, o furo mínimo para uma lagartixa atravessar a montanha, menos ainda para um homem acossado pela vida de seu filho em perigo.

No susto, para salvar minha própria vida, eu disse: chegou a cria de Luisinha. É transparente. Vê-se para dentro o seu coração. E ele bate igualzinho ao código Morse. Não se sabe o que diz. A buzica ainda não deve saber o que emitir. Não tem linguagem. Um dia, meu pai, poderá explicar muita coisa. Nós, comparados com ela, somos engraçados. Somos muito mais escuros. Quase não pude ver, que Palinhos hoje nos correu imediatamente para a rua.

Depois, perguntei: é verdade que a gente vai se ter electricidade. Vamos poder ter lâmpadas como a Baronesa e o Capitão. Parecem besouros a brilhar. Não sei se furiosos ou felizes. Já não sei muito sobre essa diferença dos furiosos e dos felizes.

Depois, disse: meu pai, o senhor que diga de onde veio aí de dentro. O senhor que diga, que eu tenho medo. Não sei se é o meu pai daqui ou se é do lado de lá do espelho. Tenho medo, pai. Que eu bem busquei por cada canto e nossa casa quase nem cantos tem. Onde se escondeu a fazer o quê. O pai veio de dentro de que coisa.

Do lado de lá daquele homem, meu irmão sossegava ainda na arca. Minha mãe sossegava ainda no chão. Minhas pessoas sagradas eram pelas costas daquele homem, para dentro da porta de nossa casa pequena e pobre. Na direcção das minhas pessoas sagradas era, por natureza, o meu caminho. E agora jamais o poderia percorrer. Era aquele corpo subitamente dissemelhante de meu pai que me impedia. E eu pensei: meu bom pai, um homem tão justo, fabricador, que nos salva do frio e da fome, nos ensina o fogo e nos ama. Eu pensei: meu pai que nos ama. Não poderia parar de o pensar. Era um pensamento como um amuleto. Olhava o gigante pai que Deus me deu e segurava meu amuleto aos ouvidos de Deus. E eu aterrei de medo. Aterrei de medo pela boca calada de meu pai, que respondeu nada.

Ficou-me no calcanhar o precipício. Adiante o corpo ainda mais agigantado de Julinho dos Pardieiros. Encurralado no medo, eu lembrei do sorriso de Pouquinho que imediatamente aconteceu quando encontrado na escuridão da arca. Tive a certeza absoluta de que meu pai me empurraria precipício ao fundo. Eu tive a certeza absoluta. Se assim fosse, só sobreviveria por milagre. Coisa nenhuma justificaria a vida de alguém que caísse nossa fundura toda. Não haveria de voltar a abraçar meu irmão. Não voltaria a salvar-lhe a vida. Jamais saberia se ele aprenderia meu nome e se o diria com orgulho, com saudade, nem que fosse uma saudade de ter um irmão do qual não poderia guardar memória alguma. Uma falta de ter alguém que não lhe permitiram ter, mas que esteve ali só para ele. Amando-o.

Fiz minha prece à hora da morte. São Bento, salva nosso menino. São Bento, salve nosso menino. O quanto ele for salvo mais nos salvaremos a todos, mais nos teremos felizes. Se meu corpo daqui cair, meu querido São Bento, que se esmague de encontro às pitangas que silvestram por toda a parte. Que uma pitanga me haverá de viver por mais um tempo igual ao coração. E essa pitanga será para agradecer. Eu disse: os gratos são sempre felizes. Assim meu pai escutou. Então me apaziguei. E o futuro ficou todo chamado àquele lugar, àquele instante. Eu pensei que o meu não me impediria de estar feliz. Estava felicíssimo. São Bento cuidaria de meu irmão.

Imaginei que cair ao fundo da ilha fosse como adentrar as vísceras de Deus ou do diabo.

SEGUNDA PARTE

O EVANGELHO SEGUNDO AQUELES QUE SOFREM

ANO DE 2001

CAPÍTULO DEZ
DEUS NA ESCURIDÃO

Deus é exactamente como as mães. Liberta Seus filhos e haverá de buscá-los eternamente. Passará todo o tempo de coração pequeno à espera, espiando todos os sinais que Lhe anunciem a presença, o regresso dos filhos.

Deus é exactamente como são as mães, que criam e depois vão ficando para trás, à distância, numa distância que parece significar que não são mais precisas, e Ele, como elas, só sabe amar acima de qualquer defeito e qualquer falha, com cada vez maior saudade, mas não sabe o caminho, não sabe por onde os filhos foram, só pode suplicar que não se percam e não se percam da vontade de voltar. Espalha por toda a parte Seus sinais. Avisa contra tudo e cria memórias, para que os filhos se lembrem d'Ele mesmo em lugares onde nunca haviam estado antes e estabeleçam sempre um mapa que os esclareça para fora de qualquer labirinto.

Deus está na escuridão, e tacteia por toda a parte na vontade intensa de um toque, do aconchego do corpo dos filhos, um gentil toque ou um abraço. E os filhos distraem-se e são incautos ou tornam-se impuros e fogem, atarefados com suas paixões e incertezas, e pensam menos no quanto Deus pode sofrer do que no sofrimento que haverão eles de sentir pela mais pequena contrariedade. Os filhos partem sem saberem que o sentido da vida é chegar à origem.

Dispersos na paisagem de Deus, os filhos lembram, por vezes, do amor, como é primordial e lhes foi colocado no peito com generosidade. Contudo, os filhos julgam que o amor é o consumo da vida, o imediato que observam, a evidência de se verem acompanhados quando a verdadeira companhia encontra sempre um modo de chegar a casa. Eles partem para mais longe. Os filhos partem para mais longe buscando o que, afinal, tanto ficara lá atrás.

Deus, como as mães, corre os dias inteiros à janela e escuta. Qualquer bulício Lhe acelera o coração. Se existem passos em redor de Sua casa, se alguma voz O chama, palpita como doido de alegria na esperança de ter um filho em visita. Deus pisa até de leve, quer tudo em sossego, sem sobressalto, porque sabe apenas estar à espera por tão grande esperança de ser correspondido no amor. Como as mães, Ele arruma Sua casa, tem sempre as camas prontas, alguma fruta na mesa, de onde enxota as moscas barafustando, até indignado, porque aquelas frutas podem ser para oferecer à boca de um filho. E a fome de um filho é prioritária, contra leões e tempestades.

A casa de Deus tem a chave do lado de fora, debaixo de um vaso. Toda a gente o sabe. É tique de todas as mães que dormem lá dentro vulneráveis a qualquer ladrão em troca da oportunidade de, ao menos uma vez, um filho voltar, tomar a chave e entrar, mesmo que a meio da noite, no descanso profundo, entre os sonhos, porque, de todo o modo, o maior sonho possível é esse mesmo, que o filho volte e ocupe sua cama, ocupe seu lugar. Es-

126   *Valter Hugo Mãe*

teja nem que por um instante ali. Para que o veja, o ouça e sinta. E Deus preocupa-se com ver como engordou ou emagreceu, como está a cor em torno das pupilas dos olhos, como entorta a boca ao falar, se os cabelos lhe ficam brancos e caem mais cedo, que ferida traz no ombro, que ferida tem no coração, quem lha fez. E Deus escuta suas queixas e avalia suas mazelas e nunca culpa o filho, mesmo que toda a gente lúcida o fizesse, porque quer que os filhos sejam impunes, justos para que sejam sempre impunes. Sonhou-lhes a justiça e não quer ver mais nada. Ensinou assim.

Exactamente como as mães, Deus cozinha seus pratos favoritos e acredita que agora ficarão para sempre ou, ao menos, regressarão todos os fins de semana, todos os meses, que não vão ficar separados sem notícias por tanto tempo, porque dói demasiado. Deus confessa que os buscou no escuro. Passando as mãos pelas ruas do mundo, a descer o nariz para buscar seu cheiro, e tantas vezes pode ter feito ruído, por ter entornado algo pelo chão, talvez até por ter partido um canto de vidro. Não era a intenção. Fica ansioso, em certas buscas. Procura sem pressa, mas apressa-se sem noção. Deus, como são as mães, tem a impressão de que vai morrer se não voltar a ver os filhos. Depois, ouve pacientemente o filho a repreendê-lo, porque não devia andar à sua procura, porque não é mais criança, porque se sente demasiado comprometido, vigiado, cansado, ocupado, aflito com assuntos que Deus, como as mães, não haveria de entender ou aceitar. E Deus aceita Sua culpa e procura ser amado acima de toda a Sua precipitação. Está sempre à míngua de ser amado, porque nenhum amor dos filhos Lhe será o bastante. Terá um eterno medo do abandono.

DEUS DA ESCURIDÃO   127

Se os filhos repararem na casa de Deus, verão como conserva as fotografias expostas por todos os móveis, mesmo as mais velhinhas e descoloradas, a irem embora da luz, sem prata, evaporando. Ele convive com essas imagens e lembra cada instante como se não permitisse que nenhum instante terminasse. As lembranças dos filhos são sempre nascentes e não haverão jamais de terminar. Por causa disso, se Lhe perguntarem, verificam que Deus sabe tudo, lembra aquilo de que ninguém mais lembra. Guarda como um tesouro o passado. Sente tanto orgulho e tanta saudade que nunca deixará de lembrar e de contar a quem se abeirar como foi, como foram, como deverão estar felizes Seus filhos algures.

Ainda que tenha criado Céu e Terra, ainda que deitasse aos bichos uma infinidade de sentimentos para avanços e recuos, juízo de toda a ordem, inteligência e génio no ofício da sobrevivência e da multiplicação, Deus só entendeu o medo quando criou Seus filhos. Nunca imaginaria. Com o nascimento do primeiro filho comparou a felicidade ao medo. Tão grandes coisas, iguais de tamanho, agora irrevogáveis em Sua bravura de seguir em frente. Irremediáveis. Deus passou a dormir suave. Mais parecido a dormir do que verdadeiramente. E decidiu que o tempo se suspende à distância dos filhos. Vale de muito pouco ou quase nada. Deixa água à Sua cabeceira porque teme morrer de sede. Teme morrer sem acabar Sua tarefa e teme que Sua tarefa termine e O deixem morrer.

Quando Se levanta, ainda muito cedo, arriscando que as últimas raposas lhe subam às varandas e saltem janelas adentro, Deus deixa as portadas para trás e recebe o primeiro sol, outra vez acreditando que ainda vai acontecer de cada um de Seus filhos e cada uma de Suas filhas dizerem Seu nome inequívoca e alegremente. De pensar nisso, Deus chora e, distraído, chega a cantar. Quem passa perto, bem escuta. Se Ele se dá conta, como as mães, canta ainda mais alto, desimportado de desafinar.

A casa de Deus precisa de obras porque espera que os filhos venham para ajudar. Tem manchas de humidade nas quais Ele já nem repara. E andam por ali aranhas e até um escaravelho verde pequenino que deve ter vindo numas folhas de alface para a salada, e fustigam os ventos sempre a entortar uma telha ou a fazer tombar as árvores mais infantis. Deus repõe o que pode sem reparar que tudo vai ficando mais velho. Não repara porque a medida de Seus olhos são as memórias. Para Ele, tudo aquilo é feito da muita alegria que lembra, é feito do muito esforço de outrora, e a família ainda reverbera pelos cómodos, ainda é capaz de comer uma fatia de bolo e julgar que em seu redor reparte pelos filhos aquele pouco de açúcar e que toda a gente regozija tão feliz, como se não fossem necessárias outras felicidades, porque, na verdade, nenhuma é maior. Como se não fosse necessário que os filhos cresçam, porque até os filhos, se pudessem, escolheriam estar para sempre naquele instante, em redor de suas mães perfeitas, porque é o amor que aperfeiçoa. É aquilo que se sente que aperfeiçoa, eliminando qualquer capacidade de prestar atenção ao erro ou ao defeito.

Se Deus pudesse, escreveria a cada filho uma carta de amor para o convencer a vir em visita. Mas o paradeiro do filho só se descortina pela prece. Sem isso, Deus guarda as cartas que escreve sem ter para onde as enviar. Espera.

No que à visão de Seus filhos se refere, Deus espera na escuridão. Seu candeeiro é Seu nome à boca do filho.

Cantando por uma manhã, a passarada chilreando para comparar afinações, Deus assume Suas dores. Mas quer apenas entregar alegrias. Quando encontrado, Deus apenas promete a alegria. Tudo o mais é falso. Desdém de quem não quis voltar a casa. De quem se perdeu e envergonhou.

CAPÍTULO ONZE
Os Poucos

Com dezanove anos de idade mal feitos, Pouquinho nosso levantou-se ao Buraco da Caldeira de mãos dadas a uma moça também apequenada. Escutando o barulho de quem subia, sem contar, Mariinha dos Pardieiros assomou à porta de sua altíssima casa e assim viu o santo de mão dada à estranha moça desconhecida, gentil, como um bicho tímido e enjeitado à míngua de uma côdea de pão. O sobressalto no coração de Mariinha imediatamente lhe causou alegria e o temor de sempre. Que Pouquinho pudesse amigar uma moça, falar-lhe de suas visões, de sua castidade original, seu pressentimento puro e belo, era adequado e bom, era adequado e decente. Que Pouquinho pudesse amigar uma moça, dar-lhe a mão e subi-la aos Pardieiros pelas veredas íngremes, ambos paritários e sem mais separação, trazia um susto inevitável, uma perplexidade que sua mãe não sabia esconder. Tão pequenos jovens magros e débeis, tão poucos, tremeluzentes, fraquinhos, punham-se lado a lado sem conter um sorriso, uma notícia que enfim chegava de onde jamais se esperaria. Nem Mariinha lhe ocorria mandar que entrassem. Talvez fosse melhor que descessem imediato ao hospital, à fila de doutor Paulino, à farmácia para aviar algum comprimido ou mostrar as pupilas de Pouquinho ao senhor simpático que lhe haveria de dizer se havia mal ou não. Pasmava para o gesto parado de suas mãos dadas, o quanto aquilo significava de uma ideia de junção, compromisso, promessa de cuidado, de gosto, de carinho, intimidade. A mulher via seu filho e atordoava os pensamentos, porque lhe nascia a novidade de que Pouquinho podia, sim, namorar. Por aqueles segundos sem palavra, Mariinha intuiu tanto futuro que não teria sequer como o explicar. Desviou seu corpo. A porta desimpediu-se. Estava a convidar para entrarem, tão muda quanto sobrevivente. Porque lhe dava um ataque de espanto. Concentrou a atenção na respiração, era fundamental atentar nos pulmões, solicitar-lhes que colhessem oxigénio. Secando-se no avental, afastando-se um passo, viu seu filho entrar sempre cuidando de levar a moça. Deitou depois uma água fresca de limão nos copos sobre a mesa e buscou um banco para também se sentar. Pouquinho disse: Rosinda é de nossa encosta, mãe. É dos Antes-de-Ontem, ali do fundo do calhau. É a menina de Fedra dos Antes-de-Ontem, mãe. A senhora está a ver. E Mariinha dos Pardieiros fazia conta aos anos em que havia morrido Fedra, se fora ainda antes de Palinhos. E comentou: tua mãe quando morreu, filha. E a moça disse: em março de noventa e cinco. Palinhos morrera em abril de noventa e seis, e Palinhos sempre dissera que haveria de morrer em abril. Ali, pela encosta, houvera funerais a cada ano. Não paravam de se perder pessoas.

Bem lembro como Nhanho contava que o pai não temia maleita nenhuma que lhe acontecesse ao longo do ano.

Por maior doença, a doer ou a azarar, se lhe viesse de maio a março, Palinhos não temia. Dizia: haverei de morrer em abril. Fora disso é tempo sem meu destino. Eu e Nhanho, que mais tínhamos medo da morte de nossos pais do que da nossa, chegávamos a respirar de alívio quando sabíamos que Palinhos ia de emergência mas não era abril. Que sorte. Que bom. Não haveria de ser nada. Até que chegou abril e finalmente aconteceu. Não entristecemos. Ou entristecemos. Mas sobretudo, por um tempo, entrámos em pânico. Logo antes de entristecer. Que nem reparávamos na tristeza. Só víamos medo. À morte de um pai, a começar só vemos medo.

Com Fedra fora diferente. De história mal contada, terá metido um pé numa boca de pedra que a ferrou e não deixou caminhar. Ficou ali presa ainda a gemer e a apelar. Mas ninguém a ouviu. Foi numa noite que se pôs fria e cheia de inverno. Rosinda contava que se espalhou por todas as veredas à procura da mãe, que devia ter chegado já tarde, das labutas no restaurante onde ajudava. Mas não chegou. A menos que algum interessado a tivesse cortejado, não havia explicação. E Fedra não era de cortes. Era a mais viúva de todas. Tinha tanta convicção em viver na saudade que não considerava mais a existência dos homens, apenas de pessoas que pediam a posta de atum ou a posta de carne. Preparar o milho frito, barrar a manteiga de alho no bolo do caco, acrescentar sal para entusiasmar a comida. A vida de Fedra era só especulação do trabalho. Trabalhar mais e mais, nunca menos, e seguir com suas notas pequenas para casa e ver a filha ganhar idade e esperar que alguma sorte lhe pegue. Queria dizer, algum homem. À filha, sim. Para a pobre fazer sua família e superar a solidão.

DEUS DA ESCURIDÃO 133

*

Fedra e Mariinha, mais Luisinha e Agostinha, haviam passado juventudes cúmplices, todas crentes e comportadas, a sonharem com simplicidades e muita dignidade. Haviam sido moças de um tempo cheio de brio, no qual se sabia esperar e se aceitava o que Deus decidia com muita gratidão. Eram bastante novas quando subiam as pedras que desembarcavam no Calhau da Lapa para a obra da igreja que se ia fazer. Caminhavam encosta acima por uma infinidade a carregar as pedras, como formigas erguendo em pés de cabra um açúcar pesado que tinha de servir para lhes merecer uma grande sorte no destino que Deus lhes definia. Pensavam em São Brás, como teria um templo imenso ao tamanho da fé que por ali sentiam, e usavam toda a resiliência para um trabalho tão difícil. Por vezes, caíam de pedra no chão, ou lhes caíam as pedras aos pés. Mesmo quando calçadas apenas com chinelos, uma sola humilde para guardar a pele da terra. Faziam feridas, buscavam a levada para se lavarem a evitar infecções, comoviam-se com alguma dor. Não se demoravam. Juntavam-se pelo caminho, nas veredas, onde se cansavam e excluíam de grandes lamentos, porque oficiavam para Deus, e tudo naquele sofrimento valeria a pena. E diziam: Luisinha, é só mais um bocadinho até à estrada. A gente vai se empurrando todas juntas. Vamos. E Fedra dizia: eu empurro ela. Talvez por ser a mais nova, a que deitava maior corpo, talvez por conter maior fúria ou, sem saber, por conter menor futuro, Fedra era a primeira a suportar mais esforço e alegrar com maior resistência. Pensavam no rosário, orações intermináveis para desfiarem mudas debaixo do calor, enquanto no barco os homens incentivavam a população a fabricar sem parar. O Campanário haveria de ter uma igreja onde caberia toda a emigração no verão. Nos arraiais, quando acumulam visitas da ilha toda, até a ilha toda ia caber ali dentro para adorar a Deus e a São Brás, e mais haveriam de adorar seu próprio povo cuja fé tinha tamanho para uma igreja daquelas.

No ano de mil novecentos e sessenta e três, inaugurado o imenso templo, que era amarelo, amarelo, amarelo, as jovens se punham orgulhosas a olhar, enquanto eram também olhadas e imaginavam, já com tanto detalhe, o que haveria de ser o amor e como haveriam de criar família. Diziam: Luisinha vai casar com Palinhos. Luisinha vai casar. Ainda era mentira. Só seria verdade três anos depois, com o padre Pita a celebrar e as pessoas todas a explicar que a igreja nova do Campanário, o que tinha de maior assunto, era ser amarela, amarela, amarela. Nas mãos de todas as suas noivas, sem mágoa, restariam para sempre pequenas marcas de suas pedras. A igreja inteira se movera pelas mãos de suas noivas e tantas vezes caíra aos seus pés, como se a própria igreja se houvesse começado por ajoelhar diante delas, grata. As pessoas do Campanário ponderavam muito a gratidão. A igreja nova virou uma fortaleza criada em redor de seus corações.

Depois, Fedra casou com Fonseca, mas Fonseca era muito pisco, todo ao contrário dela, e não durou uma década. Deu-lhe a filha e já ia morrendo havia muito. Que era um horror de socorros para o hospital, sempre de alma a partir, o corpo levezinho a quebrar encarquilhando. Fonseca casou porque Fedra era boa moça, tinha piedade

DEUS DA ESCURIDÃO 135

acima de tudo. Se fosse outra, teria escolhido entre os solteiros um que puxasse mais carroça e envelhecesse ao menos o dobro. Enviuvada à pressa, que não viu marido mais de oito anos, Fedra criara a filha sem outro destino que não o de fazer companhia e temer a Deus. Naquela encosta, a pique descendo para o mar, houve sempre quem apenas demorasse no tempo, sem parecer ter outro destino senão o da resignação de esperar. Pensava Mariinha nas pessoas de seu tempo e media como o tempo se contava por quem partia sem mais voltar.

Como Pouquinho se envergonhava, e Mariinha se calava, ele disse: eu vou levar ela a casa, mãe. A senhora que não espere pela manhã. Venho mais de tarde. Como qualquer coisa que encontre à mão de passagem. Não tenho fome. Como as pitangas, estão vermelhas e nunca foram tão boas.

Rosinda sorriu meio se desculpando de nada, ou de ser quem era, e pôs-se em pé no início de uma felicidade muito própria. Tinham dado um passo fundamental nas suas vidas. Serafim do Pouquinho dos Pardieiros e Rosinda dos Antes-de-Ontem, os Poucos, caminhariam daquelas verticalidades altas com uma esperança intensa, rebrilhando o olhar. Os Poucos se falariam por todo o Campanário, porque o menino sem origens, que todos haviam consagrado a Deus e começara a assinalar milagres, afinal daria ainda muita vez ao corpo, abeirando de uma moça, arriscando tudo quanto uma moça haveria de trazer de menos santo à vida na terra.

*

Meu irmão passava suas tardes no recanto da vereda, junto à rocha, onde se fazia a pequena gruta que enchia de água limpa. Era uma cova na pedra à qual se espreitava, mas não se entrava, nem passava dali a lugar nenhum. Era uma cisterna natural que juntava água da levada usada nos dias quentes em que o fio secava. Naquele espaço do caminho que fazia esquina para dentro da rocha, com um largo mínimo diante, Pouquinho se sentava à sombra, a escutar as pessoas. Por insistência, o mais que lhes respondia era que não via nada do futuro nem adivinhava nada do passado. Agia como um rapaz comum, sem segredos nem preferências no luxo do Senhor. Ele queria garantir que ninguém se iludisse com coisa alguma que dissesse, porque o que lhe acontecia era apenas um amor, uma espécie de amor que ditava por dentro do coração o que haveria de ser certo e o que haveria de ser errado. Escolher o que fosse certo seria como descortinar o grande mistério, por isso tanto parecia que fazia milagres, que cada vez mais pessoas ali corriam a agradecer a graça concedida, e Pouquinho explicava que era graça da própria criação, da ordem com que Deus fizera o mundo. Não dependia dele. Ele nem se lembrava sempre das pessoas, do que lhes dissera e de que problemas padeciam. Mas, certas de ter sido ali que encontraram solução, suas lágrimas faziam um alarido frequente. Uma comoção grata que Pouquinho procurava desvalorizar.

Rosinda, sem ter muito que fazer à vida, fez de sua vida sentar-se ali perto e instruir as pessoas chegando para o diálogo com o inusitado conselheiro. Em dias de sábado, podia fazer-se uma fila pela vereda, com gente a lamentar-se dos joelhos, sem ter onde esperar senão em pé, de queixo no precipício, que atrapalhava até a passagem de quem fosse mais acima, para a senhora Agostinha do Brinco ou para os Pardieiros. Quem debatia com Rosinda a demora de chegar ao santo, tanto queria usar de cordialidade quanto desconfiava da moça, que interesse teria, a esperta, ali metida a cuidar de um rapaz sem origens, incapaz de consumar qualquer sujeira. Que interesse teria uma moça, mesmo que feia e menos cobiçada, num rapaz que não era inteiro, mutilado, abreviado, como explicara doutor Paulino logo que ele nascera. O que fariam os dois quando sozinhos. Seria algo ascoroso tocar em Pouquinho, desnatural como tocar em algum animal e ter-lhe um amor marital, um namoro. Ninguém haveria de namorar uma codorniz. Alguns aleijões pareciam terminar o namoro das pessoas. E a fila persistia, as pessoas seguravam oferendas, bastantes frutas e garrafas de vinhos do Continente, enquanto deitavam os olhos à Rosinda, certa porteira a impedi-las de chegar ao recôndito onde sentava Pouquinho, que era poupado de iniquidades, assistindo apenas ao melhor de cada um. Quem chegava a baixar-se para o cumprimentar, num segundo limpava da cara o azedo da espera, a bilhardice de especular sobre seus amores, e imediatamente se punha de sofredor, necessitado, suplicando caminho para a felicidade.

Fora numa tarde qualquer que ocorreu de Pouquinho se sentar ali. Nós caminhávamos sem pressa, e alguém veio pela vereda, e era propositadamente em busca do santo. Como estávamos acaso naquele lugar, fui eu quem disse: irmão, senta-te nesta pedra, vigia, aqui mesmo neste canto. E diante da pedra havia outra que era boa para mais uma pessoa, ou duas pessoas muito apertadas. Eu quase me sentei para esperar melhor, mas quem o buscava pedia algum segredo só de olhar, e eu passeei mais para diante, como a ver flores, e nem sequer escutava nada. Estivemos naquele encargo meia hora, certamente para lá de meia hora, e a mim me cansava. Libertos, enfim, fomos e voltámos quando, mais ou menos pelo mesmo lugar, uma outra senhora por ali vinha a chamar por Pouquinho, exactamente como a primeira, aflita de algum assunto, esperançada do mesmo remédio. Fui eu quem disse: meu irmão, senta-te nesta pedra. E ele sentou-se, diante se sentou a senhora, e eu nem interferiria em seu segredo. Expliquei que andaria já para casa, avançava nosso dia, levantei o corpo pela Caldeira acima até aos Pardieiros, e foi como contei à nossa mãe que Pouquinho atendia as aflitas no cantinho da gruta, ali mesmo na cisterna da água. Se espiássemos de nossos vasos, olhos atirados ao precipício, ainda se veria como lá estavam. Pouquinho escutava a senhora e mantinha a calma. Era calmo e não temia escutar as histórias mais difíceis.

Com o tempo, comentavam que Pouquinho era santo, sabia da santidade, sacralizava a vida de qualquer um, limpava corpos, tirava o mal do mundo. Estava numa pedra à sombra, a subir um bocado de sua vereda, quem passava acima da casa de Luisinha do Guerra, ou quem vinha do lado dos Falhocas, fácil o encontraria. Logo quando se dá com o paredão, o lado interior do paredão, onde há uma água fresca escondida, é que Pouquinho sentava, bebendo das mãos para matar a sede e esperar que as pessoas desfiem seus lamentos com paciência e benevolência. Com o tempo, eu muito acomodei as pessoas por ali acima e expliquei que o santo as ouviria, mas que era necessário habituarem-se a fincar os pés no chão, porque na vereda estreita e vertical não se contava senão com as pernas de cada um.

Minha mãe exortou Pouquinho a que falasse na mesa. E Pouquinho falou: é Rosinda, a dos Antes-de-Ontem.

Eu tive vontade de a empurrar Caldeira ao fundo. Se ela caísse Caldeira ao fundo, só por um enorme milagre haveria de sobreviver. Estava farto de saber quem era a buzica. Metida com ela, lunar, entristecida sem palavra, aparecia tantas vezes no calhau quando íamos mergulhar a ver se pescávamos tubarões ao murro. Se um tubarão a mordesse, que ela era tão resfolegante que nem nadava, ia ser sem muito se aperceber. Ela não seria comida bastante para um reco. Não seria comida bastante para um coelho maior. Em se tratando de um tubarão, não haveria sequer de aparecer no campo de visão do animal. Seria invisível no radar da fome. E eu pensei que ela podia bem tombar dali e ir parar fora de nossas vidas. Fora de minha vida. De meu ciúme.

Respondi: essa moça é manona. Tem cérebro de mosca, ar de toupeira, rabo de jacaré. Nem posso acreditar que lhe fales, que lhe mexas, que a tragas a casa a ver como somos e o que fazemos.

Fui fabricar o resto do dia. Não queria saber mais nada. Um tempo depois, mesmo um quase nada depois, as pessoas haveriam de subir por nossas veredas e perguntar: desculpe, é por aqui que podemos encontrar os Poucos. O senhor sabe. E depois perguntavam: o senhor é o Felicíssimo Irmão. É uma honra conhecê-lo.

Sim, era eu o Felicíssimo.

Quando pedi perdão, Pouquinho abraçou meu pequeno pranto e nunca havia parado de me amar. O nosso santo sorriu, e sua voz sempre débil e delicada anunciou: queremos muito casar. E eu senti-me tão feliz, tão feliz quanto minha solidão se tornou também insuportável e julguei que, por causa dela, haveria de morrer.

Que fizera eu de minha vida senão um tempo em torno da santidade de meu irmão. O que fizera eu do meu amor senão um cuidado pela vida de meu irmão.

A minha mãe, de igual modo, repartiu seu coração pela alegria e pelo medo. O meu pai, de igual modo, repartiu o seu coração pela alegria e pelo medo.

A mesa estava posta. A sopa pelos pratos a parecer um jardim desfeito com beleza. Podiam ser nenúfares, aquelas plantas de flutuar. Como tantas vezes inventávamos quando éramos meninos e aprendíamos a maravilha da comida, a fortuna de termos alimentos e podermos comer. Que lindo seria se por nossas sopas coaxassem as rãs. E fossem felizes. Que fossem lacustres, habitadas, vivas, como pequenos aquários no prato onde bichos de toda a maneira habitassem acasalando e multiplicando suas espécies, suas estranhezas, suas bênçãos divinas. Comíamos a sopa e nossa mãe recomendava: só parar até ficar o prato limpo, porque a maravilha que se juntou no prato vai juntar-se inteirinha nas vossas barrigas, e as vossas barrigas vão pensar que são o Paraíso. Quando estávamos alimentados, salvos da fome, ela perguntava: onde fica o Paraíso. E nós dizíamos: aqui. Dentro de nós. Umas vezes no peito, outras vezes mais abaixo. Mas invariavelmente dentro de nós.

Pouquinho vivera algo menos a avareza do mundo, mas eu lembrava ainda de invernos severos, quando por uma ou outra noite não se entregava nada à mesa. Ficávamos abraçados, calados, como se apenas esperando que o tempo mudasse para uma abundância maior. Não se discutia. Era melhor nem se fazer conversa. Que as palavras usavam a boca, e a boca movendo pensava muito mais na fome. A fome não era amiga, mas a pobreza ensina a jamais insultá-la. Ela espreita e obriga ao respeito. Quando se passava fome, nós nos amávamos em dobro para combater.

Muitas vezes, aos desconhecidos, eu pedia: a senhora colha pitangas. Essas que por aí vê mais maduras. O meu irmão adora pitangas. Ele vai ficar muito grato. Prometo-lhe. E as pessoas crentes colhiam os frutos, e isso também lhes aumentava a esperança de serem auxiliadas. Aumentava-lhes a virtude, o mérito, e apareciam como se limpas diante de nosso santo que, de todo o modo, jurava sempre que não era preciso que lhe levassem nada. A sua vida justificava-se por aquelas conversas. Justificava-se. Significava que se tornava justa. E a justiça trazia-lhe tudo. Sobretudo a felicidade.

CAPÍTULO DOZE
AQUELES QUE FABRICAM

Estavam as pessoas a dançar num canto de caminho, mesmo na estrada, com a música alta a vir de uma casa aberta. Pessoas certamente bêbedas, a fazerem festa para quem passava por ali naquele domingo. E eu queria caminhar dali para ir a mando da Baronesa do Capitão e não via modo, tentava furtar-me a ser notado, quando me apanhavam aqui e acolá, procurando convencer-me a dançar também, mas eu nem entendia mais nada de música nem sabia abanar o corpo por motivos de enfeite. Eu bastante o explicava, que abanava o corpo em trabalho, quando fabricava, mas enfeitado de movimento, a fazer de conta que era uma tarefa de qualquer adorno, eu nunca experimentara e dava até vertigens. Ia cair. De todo o modo, as moças e os moços insistiam. Riam-se, e eu pensava que desgraça a minha que estivessem a fechar a estrada com aquele horror de alegria e me pusessem as mãos querendo que eu fizesse algo que não sabia, não aprendera, julgava até ridículo. E eram moças e moços um pouco mais novos, que eu já tinha idade de encalhado, começava a ter aspecto de homem sem ninguém, engrossado por tanto lavrar.

Agora que havia cada vez mais furados, túneis e mais túneis a penetrar na rocha da ilha toda, mexiam-se as pessoas a chegar com costumes de grande espalhafato. Tornava-se tão mais rápido chegar do Funchal ao Campanário que as pessoas citadinas alastravam suas maneiras e faziam tumultos em toda a parte. As pessoas citadinas, deslocadas para as aldeias sempre interessadas na calma, portavam-se como animais estrangeiros. Animais de uma natureza distinta, que não havia por ali, não era por ali minimamente expectável nem mesmo aceitável.

Em minha cabeça, a música tinha mais que ver com servir para os arraiais, usada nos festejos para justificar as bebidas e os encontrões nas moças. Era uma coisa que se punha para ninguém ouvir os palavrões e o anedotário malandro que os homens comentavam sobre as mulheres. Fazia-se aquele barulho, as pessoas pulavam sem muita coordenação nem propósito, e tentavam uns e outros tocar nos corpos alheios, até de senhoras casadas, porque fora de arraial não havia pretexto para uma ideia dessas. Punha-se música, até de bandas a tocar em palcos, para atordoar regras e fazer da comunidade uma gente embaralhada, fora de lugar, arriscando outros destinos. Porque as festas mudavam grandes famílias. Propunham tragédias e não se limitavam ao pé da dança. Iam dar em muito descasado e muito parzinho deitado pelas veredas a praticar adultérios que nem sempre se lamentavam. E muito adultério também era perdoado. Na ilha, sem grande chão para onde ir, mais valia deitar terra sobre muito assunto e seguir adiante. Era só proibir os arraiais no calendário das famílias. Assistir às missas, deixar a oferta, mover para casa como animais escaldados.

No tempo em que Nhanho vivia na ilha, antes de ser levado pelo serviço militar, éramos ignorantes disso de ouvir cantar, mas sabíamos alguns nomes e mais imaginávamos como haveriam de soar. Não era importante que os escutássemos. Tínhamos curiosidade pelo dinheiro que haveriam de ganhar e pela lonjura em que haveriam de habitar. Era o que mais nos interessava. Ter dinheiro e ir para longe. Poder ir para longe. Alguns, contava-se, ganhavam mais de cem contos para cantar numa noite. Cem mil escudos. Só por uma noite. Era preciso que tivessem a voz de Deus e nos viessem esclarecer o segredo de se ser feliz. Nós jamais pagaríamos além de umas moedas por uma cantoria. Que hipótese delirante, que as pessoas ficassem tão fanáticas até perderem a noção do preço do dinheiro e o esbanjassem, perdulárias, para um bailado qualquer. Isso de cantar ou bailar era uma desocupação que deslumbrava desocupados. Eu queria muito recusar-me e queria muito caminhar dali para a casa grande da Baronesa, não fosse subitamente uma moça me enlaçar nos braços e, doente de felicidade, me dizer que aquela canção era para ser dançada assim. Eu fiquei como dentro de um ovo, encolhido, a sentir o seu cheiro de jeito tão íntimo que corei de rosto baixo. Não me atreveria a levantá-lo do chão. Considerei aquilo ultrajante, mas não queria libertar-me. Fiquei confuso. Havia alguma coisa muito boa naquela vergonha. Alguma coisa que não tinha nome.

Senhora Baronesa do Capitão amargava tanto pela boca que lhe foram receitadas palavras simpáticas para se curar. O doutor Saturnino, prestes a interná-la no Trapiche, já cansado das angústias da mulher rica, acabou por diagnosticá-la com a fealdade dos pensamentos e da linguagem. Quanto mais ela se declarava dorida, maleita garganta abaixo e até no estômago, pelas tripas e cachadas ou começo das pernas, mais ele escolhia comprimidos e mandava para descanso e comidas ligeiras, como as dos pintassilgos. Sendo evidente sua piora, mais arreliada e já com falta de ar, a fanicar muito mandona, a jurar que já nem para ir à missa se mexia de casa, o doutor foi desesperando e tentando encontrar soluções na medicina da época, chegando a prometer que a trancaria numa cela só com chás e açúcar para lhe acontecerem saudades da grande casa que tinha a sorte de habitar e, assim, se deixar de ingratidões. Ninguém entendia como a mulher se escapava de internamento, vez por todas, porque desde sempre que parecia exceptuada da normalidade, entristecida ou irritada, esquisita. A Baronesa do Capitão tinha ares de bicheza, chique ou estrangeira, muito imitadora das famílias do Continente, mas sempre bicheza, disparatada, sem sentido e antipática. Toda a gente a via como um trogalho, um baldão, um bandalho. Mais ainda agora, que estaria obrigatoriamente velha, curvando um pouco, queixosa e sem muito futuro.

Andou em conversas com o padre para saber que gentileza haveria de incutir ao espírito que se lhe afeiçoasse. Porque a cada minuto que pensava em ser educada lhe dava uma hora de fúrias e tropeços. Não tinha talentos para a bondade espontânea, não lhe ocorriam etiquetas com os pobres nem lhe apetecia qualquer interesse por seus problemas, por suas especificidades, boas ou más. Desinteressava-lhe muito o que seria a vida dos outros. Tinha por hábito pensar que o mundo era desnecessário na sua quase totalidade. A encosta de sua casa, o navio que lhe trazia o marido, as criadas, a electricidade, a televisão ligada, os novos cachorros eram o bastante. Que existissem pessoas a toda a volta, exauridas com impedimentos, carteiras vazias, doenças e preguiças, burrices e hesitações, punha-se-lhe como um assunto ocioso. Por mais arrebitadas, coloridas, palavrosas, ajeitadinhas ou lavadas, as pessoas soavam-lhe sem assunto. E odiava quem assuntava. A primeira pergunta que lhe pudessem fazer já sentia como sendo uma invasão, uma ocupação inaceitável de seu espírito, um desrespeito animal. Não nascera para esclarecimentos.

O doutor mandara que começasse pelas criadas, e as Repetidas por um tempo viraram lordezas, cheias de regalias, que a mulher quis mesmo presenteá-las com pulseiras e colares de grande fantasia. E ordenou à costureira que fizesse uma farda com cores, uma que se tornasse mais divertida, para que as criadas tivessem motivos para serem felizes. As Repetidas começaram a ter palavras com a vizinhança, quando iam à venda tratar de compras e quando faziam o caminho da missa. Também envelhecidas, passaram uns dias acreditando que se começava uma bonança, uma ascensão, algo que já fosse degrau para os Céus, que gratidão, que dádiva, que milagre enfim haveria de acontecer por mãos de doutor Paulino, o bom homem. E comiam mais, que em duas semanas estavam mais gordas, e comiam mesmo à frente da patroa, que fazia um esforço para considerar tudo como bom, como certo. E as criadas engordando pareciam querer também descansar mais longamente. Seria tão bom se fechassem os olhos uma hora pelas tardes, durante a sesta da Baronesa. O corpo todo melhora depois de um descanso assim, e trabalhar também é melhor depois. A Baronesa ainda debateu com o doutor, que as criadas talvez pudessem abusar, e ela estava interessada em corrigir sua insensibilidade, mas não propriamente em ser assaltada, humilhada, posta à mercê de espíritos ingratos que tinham cadeira a arder no inferno. O doutor mandou prosseguir. Que pensasse na generosidade e nos anos de serviço das criadas. Haviam dedicado vida inteira às suas coisas, mereciam tudo. Ele dizia. Estas senhoras merecem tudo. E até, num domingo, depois da missa, uma das criadas atrasou o passo em conversa com um homem. Seria possível que julgasse permitido apaixonar-se e até casar. Estava tão desencontrada da outra que entortava ainda mais a ilha. Não havia simetria. As pessoas do Campanário olhavam e sentiam como se vissem de um só olho, em derrocada. Só viam uma das criadas. Afastadas, não se liam como repetidas. Eram avulsas, rebeldes, decompondo a ordem, certamente prevaricando, alambuzando-se com uma liberdade que atordoava o quotidiano da ilha. As pessoas diziam: que Deus me perdoe, mas parece que a ilha está torta. E a criada ia de falas com o homem até que a patroa terá escutado daqui e dali, e ficou furiosa. Mesmo depois da confissão, depois de comungar, a hóstia ainda havia pouco se desfizera na sua boca, a Baronesa gritou de tanta fealdade que o mulherio chegou a chorar. Que gravidade. Que violência. Não se ouvia daquilo no Campanário, nem a Madeira ardeu sete ou cem anos para se chegar àquela falta de educação. Que raio haveriam de pensar nossas aves que se habituaram a afinar em nossas encostas. Que discurso de agrura seria aquele e como haveria de estragar às aves a vontade de cantar.

Era um susto. A Repetida, vexada, apressou o passo, deixou o homem sem resposta como se fosse uma pedra para trás no caminho e assemelhou à outra, ambas as criadas acabadas de perder toda a condição lordeza, sem mais regalias, sem mais dormir uma hora pelas tardes. A partir dali, voltariam a emagrecer até ao normal. Bicos calados. A Baronesa a lamentar muito, que a prática da caridade não era viável com criaturas assim. A caridade, ela dizia, pede cultura. Pede elegância. Senão, é como afeiçoar aos bichos, e os bichos só pensam em ferrar.

Por três vezes, meu pai, humilhado, abordara a Baronesa do Capitão nos fins da missa para lhe pedir por mim. Quando me recusaram o serviço militar, de corpo feito e a fabricar os poios dias todos, o meu pai muito quis que o Capitão se compadecesse com a promessa que me fizera de me oferecer emprego, talvez me levando para o Continente. Àquele tempo, eu ainda acreditava que faria tudo em harmonia. Poderia partir e levar família inteira, acreditava que ganharia o bastante, teria um apartamento de boas janelas em Lisboa e encontraria até uma moça para casar. Por três vezes a Baronesa do Capitão foi evasiva, a deixar no ar o pretexto de seu marido ser tão ocupado, e tão embarcado, que seus afazeres se atempavam de anos em anos. Era necessário ter muita paciência, que um homem tão importante não se comprometia sem ser seriamente. E meu pai foi remoendo certa raiva, porque eu envelhecia e fabricava sem outra alternativa. Mais do que isso, minha esperança de cumprir o sonho de nos mudarmos para o Continente, para uma cidade infinita, onde todas as pessoas podem agir como infinitas também, cheias de sentidos, de mudanças e até contradições, era uma esperança acabando. Minha vida consolidava a mesma pobreza de meus pais. Contribuiria com a mesma pobreza e o mesmo tremendo esforço para sobreviver.

Um dia, frustrado e bastante ofendido, Julinho dos Pardieiros insultou a Baronesa com a mesma fama com que ela por vezes insultava alguém. Chamou de catatua, megera antipática, mentirosa, trogalho, baldão, bandalho, feia, estúpida, gente horrorosa, merdosa, comedora de esterco, vampira, mal dormida, despenteada, despencada, olho de cu e arroto fétido. Foi à porta da igreja, o padre João a escutar, toda a gente a benzer-se de escândalo e demónio. Só podia dar uma assombração a Julinho, o dos Pardieiros. Que insultara de tanta criatividade a benemérita do Campanário que não sobravam palavras na língua portuguesa para a comissão de maior maldade. Minha mãe quase desmaiou. Meu irmão disse: Deus o abençoe, meu pai. Deitou-lhe as mãos. Se não tivesse deitado, mais Julinho haveria de espaventar os braços no ar, a crescer maluco em redor da velha que só dizia ai, e agarrava os trapos que levava ao peito, sempre encafifada em camadas de panos sem serviço. Estava calor. Tinham posto tirinhas de papel a oscilar ao vento. Subitamente, o movimento das tirinhas pareciam palminhas. Muitas palminhas que alguém batia em silêncio.

Minha mãe, que não era de grandes admoestações e não tinha por hábito instruir meu pai, instruiu por horas naquele dia. Levantámos aos Pardieiros, e ela não se calava. Porque era indecoroso insultar quem quer que fosse, e era indecoroso insultar uma mulher que talvez ainda nos pudesse ajudar. Meu pai nem quis levantar-se a casa. Levantou-se a meio caminho e desculpou-se com ir às sementes ou à rega. Não queria escutar mais nada. Estava sofrendo de não saber esperar e não saber ter mais futuro. Pouquinho pediu licença para o acompanhar. Queria ver as crias das galinhas. Os ovos que acabaram de eclodir e pipilavam meigos quase ainda mudos. Mariinha ficara tão vexada e encurralada na pobreza de sempre que desatou a chorar assim que o marido lhe deu as costas. Choraria sem querer falar-me. Que eu ainda pedi: mãe, a senhora que se acalme. Isto não vai ser nada. A gente se vive de qualquer maneira, e gente ainda tem muito Deus em nossa vida. Mas quando meu pai subiu, à hora da janta, Mariinha voltaria à sua instrução, começada devagar, a fazer de conta que iam ser só duas palavras, até virar um sermão que entrou noite adentro e expiou muito ano de casamento. Eu e Pouquinho, aninhados em nosso colchão, acabámos por sentar. Eu murmurei: a mãe tem medo que nos falte futuro. E Pouquinho respondeu: nosso pai também.

*

Voltei a entrar na sala imensa da casa da Baronesa, e ali seguia pendurado o espantoso lustre, ainda apagado, porque o sol inundava o cómodo até em demasia. Por muitas ocasiões julguei haver sonhado aquele objecto. Julguei haver exagerado sua quantidade, seu tamanho, o quanto de lâmpadas e braços estendia, como se suspendia descendo dois metros e ainda se tendo no alto, muito acima de nossas cabeças pasmas.

Sentei numa ponta do sofá vermelho, onde me indicaram, e aguardei. Apreensivo, matutei em como viria agastada com a atitude de meu pai, esse bruto, que a destratara como nunca ninguém. Por estratégia, eu preparara minhas desculpas, as desculpas de minha família, alegando nossa pobreza e ansiedade como uma corrupção paulatina de nossos espíritos. Sentia a mesma candura de quando era menino e precisava de ser bonito. Quando minha mãe me encomendava uma tarefa e me dizia que, se a cumprisse, era lindo. E eu sentia que a beleza me acontecia. Naquele instante, a mesma esperança em desempenhar o bem, ser obediente e respeitador, abeirava a beleza e eu não aguentava de um nervoso que me faria até gaguejar. Quando a senhora Baronesa entrou, tão perturbada, metida para dentro de sua carapaça de panos, eu acreditei que estivesse com mais de cem anos, e quase me levantei para lhe segurar a mão, não fosse cair. E ela sentou e mexeu em minhas mãos sem nojo. Eu não podia imaginar que mexesse nas minhas mãos.

Contou que lhe dava uma doença grave, a pior de todas as doenças, uma que implicava a alma e que haveria de estar bem para lá do corpo, como eram todas as doenças da cabeça. Eu entendi que temia o Trapiche, ir para lá parar sem regresso. Era bem o que lhe haveria de acontecer. Contou que se lhe fizera claro como talvez tivesse falhado na declaração de suas gratidões, o quanto apreciava que existisse no mundo mais gente, a nossa gente, como dizia. Perguntou: e porque não foi o menino para o Continente, como quase todos os meninos de sua idade. E eu respondi: não me quiseram na tropa. Fiquei fora do serviço militar, minha senhora. Que eu tanto queria.

Fora considerado néscio. Ainda questionei os homens de serviço. Mandámos até uma carta. Mas algures alguém anotara que o candidato era néscio. Eu só perguntara por condições. Quis saber se poderia levar o meu irmão em visita. Que era um buzico diferente e lhe faria bem ver o país. Eu disse: vigie, o meu irmão não poderá prestar serviço militar, que ele não vai ser muito mais alto do que uma espingarda. E sou eu quem mais cuida dele, que o levo a fabricar nossas poucas terras, e ensino como se usa a fisga ou se nada para caçar tubarões. Os meus pais fazem tudo por ele, mas não fazem mais do que eu. Se eu for destacado para Estremoz, se for para Mafra ou Vila Real, que bom seria se Pouquinho viesse por uns dias a conhecer cidades do país que nós nunca conhecemos. Eu e Pouquinho nunca estivemos no Continente. Dizem que ali é tanto chão que nosso Senhor deitou que é possível fugir para cem anos sem chegar ao fim de ter pé. Eu julgo que foi só isto que eu disse que levou a que os homens me rejeitassem. Eram desabituados de alguém amar um irmão. Foi o que pensei. Que não tinham hábito de alguém amar um irmão. Tive pena deles.

A Baronesa enumerava suas enfermidades. Eu jamais escutara falar no que lhe dava ao corpo. Dizia que tinha afasia, displasia, anorexia, cefaleia, apoplexia, reumatismo, desalmamento, acromatúria, heptomegalia, disdiadococinesia. Dizia: estou amenorreica, dá-me um avarismo. E mais disse, que só assim parecia ainda pouco. Mas as palavras difíceis apanham-se menos do que gatos selvagens. A senhora falava que aquilo não era hipocondria. Era tudo verdade. Tudo. E eu encolhia os ombros, enquanto se prostrou tão próxima de mim que acabei por mais lhe tocar e sentir que prevaricava. Lavara muito as mãos, estava lavado, mas não podia imaginar tocar-lhe, à Baronesa do Capitão, que tinha toalhas bordadas a ouro que nem deviam cair na mesa porque não conseguiam entortar para o chão.

Ela disse: o menino cresceu para ser tão forte. Tão grande. Eu respondi: como meu pai. É de fabricar. E ela acrescentou: aqueles que fabricam são aumentados. Eu concordei. Quem fabrica aumenta.

Depois, perguntei: o que me queria dizer, senhora. Tenho medo de sair e não ter entendido o recado. Então, ela discursou assim: quero que leves de mim a notícia de que te pedi perdão. Leva a notícia de que me arrependi, talvez, porque nem sei se isto é arrependimento ou uma tristeza lúcida, enfim. Lastimo que não tenha podido ajudar-te, empregar-te nesta casa onde não sei que ocupação terias, além de se limpar e cozinhar, aqui não se produz mais nada. E quero que anuncies a teu pai que meu marido vos honrará. E ele, sim, vai mandar-te para um emprego e vai ajudar-te. Sabes, rapaz, estou tão aflita que já não sei o que vale a pena. Se não valeria a pena só morrer, nem que fosse de estar velha. Mas não vou morrer sem ver meu marido a pôr-te num emprego em Lisboa. E só estarei calma quando me enviarem notícias de que estás feliz.

Eu abracei a senhora Baronesa e disse: desculpe. Só a quem dou abraços é o meu irmão. A senhora que me desculpe. E ela respondeu: agora, vai. Quando chegar o Capitão, mando por ti outra vez. E vens cá para saber de uma grande alegria. Assim te prometo.

Vi as Repetidas que se comoviam. Mas estavam tão magrinhas, tão vestidas novamente de branco, sem pulseiras nem colares de grande fantasia, que eu pressenti que minha sorte seria igualmente nenhuma. Éramos criaturas da mesma condição. Encalhadas. Também eu poderia ter vindo para a ilha num porão de navio, comprado num país em conflito. Também eu poderia ter sido encontrado num cubo de gelo de um glaciar e descongelado para pôr a trabalho ou para servir só de alimento aos ursos polares. Também eu poderia ir perdendo a fala. Os buzicos de meu tempo estavam no Continente. Nhanho nem o via fazia mais de um ano. Tornávamo-nos tão diferentes que haveríamos de ser desconhecidos dentro de pouco. A ilha era envelhecendo. Quem se desviara do Continente fora para a Venezuela. Já por aí vinham de férias e tinham os primeiros filhos. Não chegavam ao calhau para nadar. Alugavam carros, iam beber ponchas a Câmara de Lobos. Alguns metiam-se com outras mulheres, ensaiavam filhos fora do casamento. Criavam muita confusão. Eu, sem ter por onde ir, o mais que fazia era silenciar-me progressivamente, assistir resignado ao tempo do mundo, aprender a beber um pouco de aguardente, mais por ser um gesto triste do que por gostar. Afeiçoava-me à decadência tradicional. Ao destino que sobrava para quem não tinha aventura, não era melhor. Ao ver as Repetidas comovidas, agradecendo-lhes embora, eu tive a certeza de que não aconteceria nada. Nem a Baronesa seria culpada disso ou doutra coisa. Era uma mulher adoentada. Sua cabeça tinha apenas tormenta e vazio. Que fosse rica de tantas lâmpadas, criadas e ouro nunca lhe comprara a sanidade. Sua maldade era um ataque a si mesma. Estava contra si. E eu deveria ter-lhe piedade. Eu e meu pai fôramos sempre ingénuos. Deveríamos ter celebrado os cinco contos de rei que nos dera tantos anos antes e mais nada. Aqueles contos de rei foram, afinal, uma importância tão grande para as nossas vidas. Por causa deles, quando deitava, a lâmpada flébil que tínhamos na cozinha alumiava o rosto de Pouquinho, e eu adormecia melhor depois de inspeccionar suas cores, ficar certo de que estava bem. Apagava-se a lâmpada, e eu abraçava-o tão feliz que fui esquecendo que foi a senhora Baronesa quem nos dera a sorte da electricidade. Bendita senhora Baronesa. Bendita. Que Deus a ajude. Que Deus lhe apazigue a cabeça, porque dentro de sua cabeça existe mais do que um tumulto. Existe uma enorme perda de sentido.

Eu expliquei aos meus pais que a sua promessa não devia ser vista com maldade. Era um pedido de desculpas desesperado. Parecia coisa de quem preparava tudo para morrer. Eu assim disse. Que talvez a Baronesa viesse a morrer. Morreria para sempre. Queria eu dizer. Que me parecia aquele desespero algo tão definitivo. Se ela entrasse no Trapiche, não a voltaríamos a ver. Não éramos família, ninguém nos levaria a visitar. Ouviríamos falar de como se sepultaria, um dia, e mais nada. Poderíamos ver seus panos exagerados no velório, quando a deitassem na primeira fila, como gostava. E seria a última vez que estranharíamos aqueles panos todos, o desajeitado de vestir aquilo, o calor que fariam, a simples confusão que nos espantava, aquele ensarilhado que só à tesourada se haveria de ultrapassar. As Repetidas lá estariam. Porque o mais certo era nem o Capitão chegar a tempo. Que um navio não se bole rápido. Não um navio daqueles, a navegar para os outros lados do mundo, muito para lá de onde há a Espanha ou Angola. Se estivessem as Repetidas, e se elas ainda pudessem chorar, depois de tanta mágoa e adiamento, ia ser uma sorte para a senhora Baronesa.

Que, na minha opinião, tinha sorte nenhuma. Meu pai quis refilar, repudiar aquelas desculpas, cuidar de seu orgulho para ter-se macho e ensimesmado, um bom pai, inteligente e consciente. Mas eu pedi pelo perdão da senhora Baronesa como se fosse um perdão por mim. Que mo confiassem. Que mo oferecessem. Pouquinho disse: meu irmão, hoje aprendemos muito contigo. E temos orgulho em ti.

Estava tudo certo. Não éramos diferentes tanto assim. Éramos simplesmente aqueles que fabricam.

CAPÍTULO TREZE
APARECIAM

Meu irmão alongou o cabelo, estio, assemelhou a Rosinda, igualmente penteados, vestidos de cores pálidas que lhes confundiam os corpos à terra ou ao milho. E, de banda a banda, caminhavam de mão dada sem se largarem, talvez para fortalecerem de suas debilidades e resistirem ao vento, ao voo de algum condor, à rapina de uma ave que os quisesse devorar pelos céus. Eram unos. Outros a repetir. Eu odiava. E apareciam.

Quem não esperasse encontrá-los haveria de os encontrar nas veredas ou até nos poios, terra adentro onde se plantava ou colhia. Muito se dizia que apareciam. Os Poucos podiam ser vistos por toda a encosta e até se faziam lendas de que davam no lado da Ribeira Brava, na direcção distante da Encumeada. O que era absolutamente mentira. A bilhardice das pessoas e a facilidade de acreditarem em tudo era que criava esses avistamentos. Os Poucos não arredavam de nossa encosta, nossa Caldeira até ao calhau, mesma montanha para trás e para diante, a mesmíssima montanha e destino. Carregavam-se, o que já seria bastante.

Para menos padecerem, ainda que tão novinhos, jovens de meio corpo, foram dizer aos meus pais que mais valia que dormissem na casa de Fedra dos Antes-de--Ontem. Velha como a nossa, mas onde apenas Rosinda morava, que boa casa seria para um casal humilde e cheio de vontade de estar junto. Que boa casa. E Felicíssimo poderia voltar a ter seu colchão só para si, sem dividir com o irmão, se Felicíssimo era tão grande, crescera como o pai, teria por dentro ferros e parafusos, roldanas e outras estruturas que jamais se poderiam partir. Que bom seria ter mais espaço. Os Pardieiros eram uma casa tão diminuta. Não era casa para tanta gente se juntar.

Mariinha, como eu, escondia o rosto para não ser lida, não ser descoberta, não ser honesta com aquilo que pensava, com aquilo que sentia, com sua dor. Ela se escondendo para um lado e eu para outro. Que horror escutar Pouquinho dizendo que ia embora. Ia embora para dormir junto do calhau, a uma hora de caminho de nosso lugar, ao fundo mais distante de nossa encosta. Nosso Pouquinho, nosso santo, cria morredoira que tanto nos custara salvar de mil vezes mil perigos. Tudo quanto o afastava de nós nos afastava do oxigénio.

Andava uma abelha pela cozinha e eu quis enxotá-la para me enxotar dali. Avistei senhora Agostinha do Brinco e apupei só pelos bons-dias. Não tinha nada para lhe dizer. Queria explicar-lhe que meu irmão partia já. Que partia já dali, e minha alma estava caindo no precipício sem que eu pudesse fazer nada. Eu deveria saber amar tanto que aceitasse a ausência. Se eu fosse maduro, se não fosse néscio, como me acusaram, eu deveria amar sem morrer perante a ausência. Senhora Agostinha acenava de volta, segurando algum pequeno vaso que florira e sorria com sua alegria pura de sempre. Eu não sorria mais. Meu rosto era aos apagões. Desligando aos tropeções.

Tão descontrolado, me ferrou a abelha na pele mais dura do braço. Pobre abelha que se matara por nada, e eu nem logo me apercebi. Tive a impressão de alguma coisa me encostar, como se uma folha em passagem me tocasse. Estava a agulha do bicho em minha pele, um dardo indiferente, uma lança para a guerra que não era nobre, não era razoável. Na cozinha, seguiam falando. Rosinda educada em montes de lisonjas e alegrias. E Pouquinho dizendo: mãe, a senhora que não se preocupe. Marcámos a data assim para não se fazerem planos nem se agravarem trabalhos. Vamos casar para ficarmos iguaizinhos. Com a diferença de dormir lá em baixo, na casa dos Antes-de-Ontem, onde seremos uma família de dois como há tantas no mundo. A mãe que não se preocupe. Virei sempre aqui acima. A gente levanta-se na encosta. É uma promessa e uma vontade. Meu pai já sabe. Pedi-lhe muito para me deixar ir sem tristeza.

Eu não pediria por mim, mas fui pedir por minha mãe. Julinho, tão justo e sensato, meu pai aflito de sempre, não queria parar de fabricar, mas eu insisti. Pai, o senhor que peça, pai, se Pouquinho nosso partir, o senhor que pense, a mãe vai reduzir a uma cotovia. Eu acho que ela morre. Pouquinho é nosso forno, pai. Faz em casa mais que a electricidade. Como poderia partir. Que vai fazer ele com a moça para tão longe. Ela é tão estreita, tão pouquinha quanto ele, se têm de se agarrar que agarrem lá em casa. Ficam no colchão, eu até na cadeira terei sono, o pai sabe que eu durmo em qualquer lugar, e

DEUS DA ESCURIDÃO 161

qualquer hora me vale. O pai que faça qualquer coisa, pela mãe. Pela nossa mãe que está escondida a chorar.

O meu pai, ao invés de me falar de Pouquinho, perguntou: Paulinho, tu tens direito à fúria e tens direito a entristecer. E podes fazer melhor ainda. Tu podes deixar-te ir com essas moças que te espiam a fabricar. Olha para a tua idade e olha para o teu tamanho. Eu respondi: vigie, deixar a mãe mais sozinha. Ficarmos todos sozinhos uns dos outros. Irmos todos embora e acabar com nossa casa, nosso lugar na vizinhança, deixar de ver a senhora Agostinha a soprar as pedrinhas, os vasinhos um a um. O pai que tenha juízo. Não há no mundo onde se possa viver com maior limpeza e maior virtude.

Depois, eu mesmo contei sobre a moça doente de felicidade que me tomara para dançar uma agarração sem maior sentido senão o de me tocar. Estávamos tão tocados um pelo outro que poderíamos ser um casal. E respirava muito, como se estivesse cansada, que a felicidade rebenta os pulmões, consome o que produzem dez árvores grandes. Era uma dança lenta, e mesmo que alguns berrassem ainda, a fazerem competições ou lutas, ficámos os dois num silêncio único, e parecia que o resto fora embora ou era longe. A moça, pai, cheirava à água de limão. Era dourada. Mas eu não vi. Eu imaginei mais que vi, porque não tive coragem de olhar. Meu pai perguntou porquê. Eu disse: mesmo banhado, lavado para ver a Baronesa do Capitão, eu sinto sempre estar sujo. Pela pele, pelo uso da pele em tanto trabalho. Pessoas como nós não cheiram a limões nem com muito sabão. A gente exala pelos poros mais parecido com o gado. Mas eu não me culpo disso. Eu ocupo meu lugar, pai.

Certamente, para a educação fundamental dos filhos, devem os pais dizer o que se pressente. E meu pai explicou que Pouquinho e Rosinda haveriam de se lamber. Naquele instante, estupefacto, eu não conseguia suportar a ideia nem o debate da ideia. Não poderia ser educado para aquilo. Perguntei: o senhor que diga porque fala nisso. Isso não tem decoro nem respeito. O pai que diga que isso é só uma brincadeira. Mas meu pai não ria. Era talvez necessitado de usar a malícia do mundo. O concreto de as pessoas se juntarem, tantas vezes só pelo sujo dos corpos se faziam famílias. Mas eu estava a explicar sobre minha solidão. Escudado pela tristeza de minha mãe, eu estava verdadeiramente a falar de meu desamparo perante tão grande solidão.

Por aquelas tardes, comentando seu casamento aos convidados para a igreja, os Poucos apareceram a Délia, a cria de Luisinha, que viera em férias de seu curso de arquitectura em Lisboa. A cria de Luisinha que mantinha a brancura perfeita, a beleza dos anjos, muito festejara que Pouquinho e Rosinda se familiarizassem. Meu irmão contava que se podia ver uma pitanga descer pelo peito da moça quando ela era bebé. Não se lembrava, era Felicíssimo quem jurava. Felicíssimo e Nivalda, a buzica de Dolores. E Délia ria. Isso era impossível. Ninguém transparece desse modo. Só sentimentos podem, por vezes, ser transparentes. Comentavam que, em surdina, muitas pessoas imaginaram que poderiam crescer para casar. Mas Délia tinha conquistado o infinito. A cidade grande, a capital do país, onde haveria de fazer uma vida de elegância, chique, a conhecer etiquetas que no Buraco da Caldeira nem teriam sentido. E Délia dizia: e tu, Pouquinho, também conquistaste tanta coisa, basta que saibas mais do que trinta baleias e cem lobos. Riram muito. Pouquinho, na verdade, saberia muito mais do que até os fantasmas das baleias e dos lobos, sabia por dentro das carnes, das matérias, das rochas, das águas. O que Pouquinho sabia era por dentro de todos e por dentro de tudo, por dentro do mundo, e não haveria maior infinidade do que essa.

Eu perguntava: e teu irmão. Délia respondia: só vem no Natal. Se vier.

Eu entendi que meu irmão conversou para se despedir. Sentámo-nos pela sopa e ele pediu: Paulinho, conta de quando a mãe me levou ao colchão. E eu não poderia contar. Se abrisse a boca para o dizer, morreria sem ar. Mesmo que fosse injusto para com ele e com sua felicidade. Eu, naquele instante, não o poderia contar. Minha mãe começou: deitei o teu irmão, e tu perguntaste se era agora a primeira noite em que ele dormiria ali. Não foi. E depois, Paulinho. E depois.

Quando minha mãe deitou Pouquinho ao meu lado, no seu casulo pequenino e sossegado, eu perguntei: mãe, já hoje o meu irmão pode dormir aqui. E minha mãe disse que sim. Que agora eu teria de sonhar sem gesticular. Teria de estar sempre atento para a presença de seu corpo. Partilharíamos o colchão. E eu tanto o esperara. E não tive vergonha. Enquanto minha mãe olhava, eu fiz como tanto ensaiara com a almofada. Lacei os braços gentilmente em seu redor e fiquei de rosto pertinho e sorri. Eu disse: sou um castelo construído em cima de meu irmão rei. Para lhe mexerem terão de lutar contra minhas pedras, minhas paredes altas e meus mil guerreiros já armados. Temos canhões e fogos. Sabemos arder tudo e até arder as almas. Quem perturbar seu sono será abatido. Se sobreviver, será punido sem trégua, não terá pão nem água. Sou sem misericórdia. Não teremos qualquer simpatia para com os inimigos. Nosso castelo está erguido no cimo do Campanário e vamos ser nobres do Campanário. As pessoas haverão de conhecer nossos nomes e nossa história e saberão que esta ilha ardeu por sete ou cem anos, mas jamais perdeu a capacidade de criar gente boa e decente.

Minha mãe deitando-se, apagando a lâmpada da cozinha, eu mais fiquei em meu castelo imaginário. Em silêncio. Guardando meu irmão e o sono de meu irmão com o maior orgulho do mundo. O buzico respirava em seu jeito leve, e eu embalava em seu jeito leve completamente apaixonado pela maravilha de Deus nos fazer uns aos outros. Com os anos, Pouquinho cresceu para lá dos meus braços, mas eu sempre lhe pedi: meu irmão, não partas de casa sem meu abraço. Era como desapertávamos e apertávamos os fios que atavam noites e dias.

Até ali. Até ter de nos abandonar por amar uma mulher.

Tanto me custou ficar feliz. Tanto, tanto, me custou ficar feliz.

Por isso, naquele jantar, enquanto ele mais pedia que eu contasse de novo esta história, e minha mãe fosse adiantando para seduzir meu coração, eu emudeci. Fechei por dentro e por fora, deitei de costas voltadas e não consegui expressar senão minha dor. Em silêncio, julgando não ser denunciado, alaguei meu canto de lágrimas. Umas lágrimas que desciam de meu rosto sem soluço, apenas o curso livre olhos fora, como se fosse cortado dos olhos e vertesse no chão da cozinha lentamente todo o conteúdo de minha ridícula alma.

De manhã, quando cada um se vestia, bateu senhora Agostinha à porta para trazer preces ao casamento. Abraçou Pouquinho, disse-lhe que era bom o que acontecia, fez votos de todas as felicidades e deu-lhe uma nota guardada num envelope. Prometeu que, quando chegasse ao Céu, lhe mandaria o resto de seu presente. Na terra tinha pouco crédito. No Céu haveria de ser abastada como banqueira.

Senhora Agostinha jurara vida toda que se não experimentasse de casar deitaria o corpo à terra para que fosse devolvido na mesma pureza do princípio. Não haveria de permitir o estrago dos homens, preferia o sossego e a atenção àquilo que criava paixões serenas. Eu pensei muitas vezes que suas despedidas à noite, quando gesticulava uma espécie de bênção no vazio, pudesse ser um aceno a algum amor distante à janela. Pensei muitas vezes que ainda se levantaria pelas nossas veredas um homem garboso a declarar-lhe amores e a ficar de companhia. Ainda que ela negasse, eu assim pensava para lho desejar, para lho pedir a Deus. Como nada acontecia, aprendi com senhora Agostinha que alguns de nós, sem culpa nem remorso, solteiramos apenas porque nos ocupa um amor mais universal.

Fez-se o casamento numa quinta-feira, dia normal para bênçãos tímidas, e a igreja do Campanário encheu da completude da freguesia e do concelho. Vieram todas as pessoas possíveis, em pé ou arrastadas, para testemunhar como o homem sem origens inventaria família com uma mulher que jurava estar apaixonada. Pouquinho, mal servido de hormonas, agudinho de expressão, delicadinho, instável como se pouco frequente, pouco pousado no chão, ia casar sob Deus na igreja importante de São Brás, e a comunidade acorrera para se embasbacar de incrédula e debate. A senhora Baronesa e suas criadas chegavam à frente, e era também assunto por seu abatimento. Eu mesmo lhe toquei, agora desenguiçado de lhe falar, e incentivei a que se alegrasse na nossa missa. As Repetidas levantavam e desciam as cabeças como fazendo que sim, ainda que a patroa nem as olhasse, certamente já sentiria aquele movimento motivador, uma piedadezinha dos pobres pelos ricos que afligiam. A Baronesa disse: só me importa que me perdoe, menino. E quando meu marido voltar, terá sua promessa cumprida. Meu marido haverá de voltar em breve. Muito breve. Que eu tanto tenho falta de o ver.

Comungando massivamente, esgotando tanta hóstia e criando certa algazarra, o povo do Campanário ia parabenizar os noivos sem trazer qualquer prenda, sem ofertas. Pareciam contar que aquilo se interrompesse, ficasse a meio, não desse em nada. Poderia até ser uma graça, uma piada, algo divertido só para juntar toda a gente numa festa. Certamente, poderia ser conspiração para efeitos políticos. Alguém que fosse fazer um comício maluco, lançar uma ideia nova, mudar a freguesia para o futuro.

Deitavam os olhos àquilo. Quando chegavam para beijos e imitações de abraços, deitavam os olhos corpos abaixo dos noivos e todas as pessoas hesitavam no lugar das origens de meu irmão, como se no gesto das calças quisessem descobrir algo guardado, algo que justificasse casar e chamar ao par de família. Por mais que soubessem que havia ali nada, imperava uma curiosidade sórdida que parecia bilhardar que lhe tivessem brotado por magia as cobiçadas origens. Especulavam que, afinal, o buzico talvez tivesse acabado de nascer. Talvez apenas agora, com vinte anos de idade, o buzico acabasse de nascer. Auscultavam meus pais, iam ver-lhes a abnegação de muito perto para terem a certeza de que aquela alegria ainda era um sofrimento. Parecia que só assim as coisas estariam certas. Que aquela festa ainda fosse um sofrimento. E os rostos dos meus pais não revelavam segredo nenhum. O buzico só nascera abreviado, não vivia como as árvores que frutificavam quando adultas. Era de natureza consumada, infértil, e casaria assim igualmente. Infértil.

As pessoas reparavam em meu irmão e atrapalhavam-se nos votos de felicidade, às voltas com as ideias, apalermadas, perdidas. Mas os noivos aceitavam a festa que lhes traziam. A felicidade que sentiam era um lugar inatingível para os demais. Estavam num contexto paralelo. Inacessíveis por completo. Comunicavam com o planeta dos outros a partir de um planeta para onde se haviam mudado por paixão. Outro planeta. Outro que não o de nossa mãe.

Padre João perguntava: Serafim José Ramos Marnoto, é de sua livre e espontânea vontade casar com Rosinda Ribeiro Fonseca. Pouquinho disse: sim. Depois, perguntou: Rosinda Ribeiro Fonseca, é de sua livre e espontânea vontade casar com Serafim José Ramos Marnoto. Rosinda disse: sim. Os Poucos estavam casados. Se isso teria utilidade no comando bíblico, ninguém acreditava. Mas não se fizera impedimento. No silêncio em que se esperou algum protesto, alguns sorrisos pareciam ferir a veracidade daquele amor. Mas a cerimónia consumara-se, e a terra teria de reconhecer a legitimidade de se fazer uma família assim. Estava feita. Pode beijar a sua esposa. Escutou-se. Pouquinho, diante de todos de pescoços esticados, girafas por toda a igreja sem quererem perder pitada, beijou. Tão gracioso e feliz que entendi novamente como tudo era irreversível. Ao ver aquele beijo, vi que se lambiam. Pareceu-me um nojo. Uma pestilência atirada ao meio da igreja de Deus.

Minha mãe chorava de uma fraqueza sem consolo. Meu pai chorava de uma tristeza sem consolo. Eu, naquele dia, escolhi ficar ofendido. Zangado profundamente. A fazer votos para que aquele casamento falhasse logo. Para que aquilo tudo desse errado. Mesmo sabendo que cometia pecado. Olhei para São Brás e quase abri a boca perguntando que era aquilo. O que era aquilo. Como se o próprio santo estivesse de cabeça perdida por assistir a tal casamento sem se mover. Sem fazer nada. Que santo seria um que permitisse uma farsa tão grande, minha solidão tão grande, nossa família ruindo.

Quando abracei meu irmão, trapalhão, beijei sua testa. Eu disse: és meu corpo de Deus. Espero que me possas perdoar. Estou tão aflito que me separo da alma. Minha razão sabe uma coisa, meu corpo ignora. Pareço passado a meio por uma faca. Terás de aprender a me perdoar.

Depois, abracei Rosinda e disse: espero que me possas perdoar. A solidão que me trazes abre meu corpo ao meio, metade do corpo só sabe cavar, a outra metade só sabe cair.

Depois, eu disse: serás minha irmã. Rosinda, serás minha irmã.

CAPÍTULO CATORZE
O MAR EM PASSAGEM QUANDO TROPEÇA

Entrei e pedi: tua bênção, meu irmão. E meu irmão disse: Deus te abençoe. E sorriu.

A casa dos Poucos era tão humilde quanto a nossa, mas mais bonita, feita só de coisas de mulher, com muitas inutilidades, como se ajardinassem por dentro. Era tão junto do calhau, em cima da praia, que, se o mar em passagem simplesmente tropeçasse, a água lhe haveria de entrar janela adentro. Até se viessem duas baleias para cá do Ilhéu, se conseguissem navegar naquela fundura, duas baleias bastariam para um empurrão das ondas que levantariam à casa sem muita dificuldade. Quase era um barco atracado. Um lugar de partir um dia.

Minha mãe me atarefara de ir levar pequenos esquecimentos. Não era nada essencial nem ficava bem que o fizesse, porque três dias depois do casamento se tornava uma visita intrusiva, bilhardeira, feia. Mas Mariinha queria notícias, e tinha tanto hábito de hospital que não podia parar-se de me atarefar. Estava angustiada e não terminava de se comover, porque tudo lhe parecia um bocado de morte com a separação do filho. Urgia em saber o que ia ali pelos Poucos, como iam, se estavam felizes, se o buzico engordava, se dormia, descansara, que era das pessoas à sua procura, agora que não se sentaria mais junto à cisterna de água no cimo perto dos Pardieiros. Minha mãe recomendou: fala-lhe sozinho. Vigia, quando ela for a uns passos mais longe, tu fala com teu irmão. O buzico que te confesse se está bem. Se precisa de ajuda. Se tem medo ou doença, se tem solidão ou fome. Vigia, tu não voltes sem perguntar ao teu irmão e saber uma resposta que seja verdadeira. E eu conhecia meu irmão melhor do que qualquer outra pessoa. Deitava-me diante de seu rosto. Aconchegava seu corpo no frio do inverno. Tantas vezes o resgatara das águas onde nem precisaria de afogar, bastaria diluir. Eu vira todo o medo e toda a esperança, vira toda a gratidão expressa em Pouquinho. Eu saberia sempre acerca de suas verdades. Teria dúvida nenhuma perante o que me dissesse. O santo não me era transparente, mas de confiança.

As casas mais simples, quando dominadas por mulheres, superam muito a pobreza ou fintam a beleza com a ternura. Nós, que não éramos ternos, sobretudo entendíamos a lealdade e a resistência. E nossa casa fazia-se para três homens, tudo quanto poderia competir à sensibilidade de minha mãe era preterido, talvez destruído por nossa incúria ou desatenção. Nos Poucos, eu tinha receio de deitar as mãos às coisas. Um corpo bruto como o meu haveria de desconhecer a fragilidade de muito do que ali via. Provocava em mim a mesma sensação de tolher os gestos que me acontecia na casa da Baronesa do Capitão.

Os objectos que não eram imediatamente úteis intimidavam-me. Talvez me acusassem de ser um animal, tão acostumado ao campo e aos bichos que mais teria cultura de bicho também. Pareciam dizer de mim alguma coisa. Eram objectos estranhos, como se fossem de ir à rua em dias de missa. Naperons e jarros, pratos pintados, até uma espuma rendilhada que imitava um morango maior do que uma papaia. Que tempo seria o de Rosinda que se ocupava de dar espaço àquelas coisas, limpando-lhes o pó, ajeitando que fiquem mais à esquerda ou à direita de cada mesinha ou parede. E as fotografias penduradas, em molduras importantes, para mostrarem como fora o casamento de Fedra e Fonseca, como fora o baptizado de Rosinda. Era como estar na sala de Luisinha e ver seus retratos importantes. Quando a gente se via televisão, eu e Nhanho, uns minutos para não gastar nem luz nem avariar o aparelho, eu reparava em como os retratos nos rodeavam para que estivéssemos sempre na presença solene dos donos da casa. Por isso me chamou a atenção que houvesse no quarto uma pintureza pequena com a cara de um homem de lábios grossos que ninguém sabia quem era. Rosinda contava que fora oferta de um pintor aos pinchos que andara pela ilha um dia com sua esposa. Alegrava pela ilha acima e abaixo, a conhecer tudo e a comer atum e bolo do caco. Tinha uma mulher cujo cabelo lhe nascia avermelhado só de lavar a cabeça com óleos naturais. O homem pintava sua própria cara e a oferecia nos restaurantes, e foi uma vez que Fedra estava a servir numa noite de sábado, a ajudar o senhor Carneiro, que o pintor engraçou com ela e a quis presentear. Fedra ainda se espantou, afirmando que sua casa de viúva nem saberia cuidar de uma dessas coisas da arte. Tinha a impressão, mesmo depois de mais de vinte anos da morte de Fonseca, que qualquer simpatia de um desconhecido propendia para traição e adultério. Mas

DEUS DA ESCURIDÃO 173

o homem insistiu, que era só meter num prego e fazer mais nada. Dizia que já tinha sua Julieta, porque a esposa de cabelo vermelho também estava tão animada quanto ele, sem permitir que aquilo fosse uma sedução sem respeito. E podia ser que, mais tarde, por algum dinheiro, até os museus lhe comprassem o quadro. Era uma pintura que tinha valor por ser pintada à mão, queria dizer que não importava se fosse expressamente o rosto daquele homem. Muitas vezes, dizia, as pessoas penduram em casa caras de gente que nem existe, só pela beleza de ser arte. Ela dizia. Assinado estava que se chamava Albuquerque Mendes, tinha a data de mil novecentos e noventa e três, e parecia um bocado torto, com uma orelha a cair para cima do nariz. Rosinda explicava que não era mal pintado. Era uma ideia artística. E eu pensava que deveria ser horroroso para Pouquinho ter de dormir debaixo do olhar daquele desconhecido metido na arte. Que a arte fosse de enfeitar parecia muito bem. Que fosse de meter dentro de casa os olhos atentos de um qualquer, não era decoroso nem familiar. Quando Rosinda inventou de ir buscar alecrim, certamente por entender que minha missão só se cumpriria depois de uns minutos a sós com meu irmão, eu imediatamente perguntei: vais dormir com esse Mendes a olhar para ti, Pouquinho. Tem uns olhos enormes, parece que vai secar as plantas todas da ilha. A imagem de um desconhecido nas paredes era semelhante a ter um espelho desobediente. Um espelho que decidisse confrontar-nos ao invés de obedecer exactamente ao que vê. Sem me dar conta, como de costume, tocava-lhe na mão e aproximava-o de mim para lhe ver o branco dos olhos, se a boca lhe entortava para um dos lados, se estava mais gordo ou mais magro, como ia a cor dos seus cabelos, se lhe caíam os cabelos, se estava feliz, queria ver seus medicamentos, a prova de que os tomara certo, à hora, sem atraso nem confusão. Que doutor Paulino ameaçava-nos a todos pelas falhas, que tantas falhas eram percalços graves e algum dia podiam ser de morte. Meu irmão sorria. Estava tão apaziguado, e era isso tão evidente, que eu entendia ter de me apaziguar também, parar de tremer, respirar fundo, aceitar a dádiva tão divina de nosso santo ter maior futuro do que lhe teríamos coragem de prometer. De todo o modo, por maior razão me acometesse, eu fazia o questionário das mães. Algo completamente distinto da razão mas muito mais próximo da capacidade de corrigir até o que Deus pode fazer de errado. As mães, intuitivamente, mesmo que por abuso ou obstinação, também ensinam a Deus os seus milagres. Por se tratar de um outro tipo de ciência e um outro tipo de justiça, por ser intrinsecamente bom, Pouquinho respondia e seguia benevolente, carinhoso, meu irmão perfeito.

Pouquinho dizia que Deus era como as mães, criava os filhos e deixava-os partir. Passaria, depois, a vida à espera de os rever, como se vivesse na escuridão, afinal incapaz de nos detectar no périplo de nossas decisões e esconderijos. Pouquinho explicava que a oração nos assinalava em seu mapa. Se evocássemos Seu nome Lhe abriríamos os olhos sobre nosso corpo, nosso lugar. E eu aprendera minhas orações e julgava cumprir a melhor promessa. Pouquinho ensinara que não se prometem a Deus sofrimentos nem sacrifícios porque, como as mães, Ele não nos quer ver sofrer.

Nunca prometas a Deus o teu sofrimento.

Ajuda Seus filhos a reencontrar o caminho para casa.

Devemos prometer cantar-Lhe, alimentar-Lhe os filhos, salvar-Lhe os animais, regar as plantas, semear pela terra toda, proteger os livros. Caminhar em visita. Ele dizia: quero que prometas, Felicíssimo. Eu quero que tu prometas que O ajudas, mas que não te provocarás a dor. Quem se vicia na dor desumaniza-se.

Todos os dias, para me mostrar grato, eu cumpriria a promessa de melhorar nossos vasos, levar-lhes água e soprar-lhes folha a folha, pétala a pétala, como aprendera com senhora Agostinha do Brinco. Como tanto senhora Luisinha do Guerra haveria de fazer pelos seus vasos em tão grande varanda e jardim. Eu pensara prometer ajoelhar-me, mesmo descer ajoelhado as veredas até ao calhau, nem que por horas me demorasse e desfizesse a pele, a carne e os ossos. Mas meu irmão educou-me para a alegria. O sangue levaria tristeza a Deus. As flores haveriam de Lhe levar alegria. Eu prometi mantê-las pela vida inteira. Grato pela vida inteira. Era minha forma de ser perdoado. Precisava de ser perdoado.

Pouquinho perguntava: lembras-te de quando seguíamos para a escola com uma folha de papel de jornal dobrada de encontro à pele da barriga, por baixo das camisolas. Era para não enjoarmos nas curvas da ilha, nas estradas antigas que eram todas sob derrocadas, tantos perigos e tantos atrasos traziam às comunidades. Por vezes, ficava-se na estrada a se esperar uma vida que viessem os homens fardados a desobstruir o caminho para nós passarmos. Eu lembro de quando uma derrocada chuveirou no carro da Rodoeste, e diziam que íamos ser esmagados. E tu vieste sobre mim que nem vi mais nada. Eras um lugar onde eu coube. Se as pedras esmagassem o carro da Rodoeste teriam depois de abrir o teu corpo para chegar ao meu. Também eu prometi muita coisa, Felicíssimo. Também eu cumpro minhas promessas de criar alegria para que Deus alegre junto. E minha maior obrigação será sempre a de acalmar o coração de minha mãe. Diz-lhe que estou bem. Chegam pessoas por aqui e trazem frutas e algumas deixam dinheiro. Querem fazer um agrado pelo casamento. Vigia, leva este dinheiro. Meu irmão, leva este dinheiro para nossa mãe, nosso pai, para as tuas coisas. E eu disse: amo-te mais do que ao pai e do que à mãe. Tive tanto medo que te levassem, que te impedissem de crescer, que cresci inteiro em teu redor. Quero combater feras e gripes, sustos e tristezas que te possam acontecer. Se não fosse antes, sobretudo desde que tombei ao precipício, meu irmão. Entendi que qualquer sentido estaria em ti. Meu santo irmão. E Pouquinho disse: Felicíssimo, tu inteiro és a santidade que esta família tem. Somos todos teus devedores, irmão. Quando te abençoo, estou sempre a pedir perdão.

Espantei. Era eu tão ínfimo na virtude. Tão atrapalhado. Considerei que os olhos do santo viam mais pureza do que aquela que havia. Eram seus olhos puros a atribuir aos outros suas próprias características.

Meu irmão disse: sonhei que à nossa morte as pessoas do Campanário se esquecerão que alguma vez existimos. Negarão honestamente. Luisinha ou Dolores, Baronesa ou Agostinha, Nhanho, Délia ou Nivalda e António. Doutor Paulino ou padre João. Todos. Terão memória nenhuma de nossas vidas. Seus espíritos tratarão de se curarem de nossas presenças. Porque dizes isso sorrindo. Eu perguntei. E ele respondeu: porque seremos só normais. Atirados para dentro do que for a morte como todos os outros. Estaremos inteiramente dentro da morte e seremos normais.

Se o mar em passagem tropeçar, a água toda te entra pela janela. Vigia, estamos tão cerca da maré que me dá a impressão de navegar. Sentado assim, só de olhar, o que vejo é o mar. Não há mais chão. Eu insisti: parece um lugar de partir um dia.

Rosinda veio de buscar nada e sorriu como uma pessoa de preces feitas. Sentou connosco à mesa, repartiu novamente uma água fresca do jarro pelos copos. Esperou ouvir o que se estava dizendo. Mas nós hesitámos. Ainda me parecia que falávamos à sua revelia, porque meu sentimento era à revelia da moça, à revelia de sua presença. Pareceu que diríamos nada, apenas umas banalidades adequadas a uma esposa que se engana em favor da família de uma vida inteira. Sem malícia, imaginei um segredo só nosso no qual ela jamais teria como entrar. Por ingenuidade e desconhecimento do amor, eu acreditei que o amor não podia nada perante a antiguidade de outros sentimentos e pertenças.

Depois, eu julguei hesitar por me ser estranha a ideia da pluralidade nova de meu irmão. Julguei que ele hesitava por ajustar seu discurso à sua própria pluralidade. O que houvesse de dizer, era o mundo dos dois, intrincado, comprometido, unido. E eu tive razão. Pouquinho e Rosinda mesclavam-se. A cada minuto que passava mais deitavam os corpos para dentro das almas de um e outro. E já tanto de um e de outro se tornava impossível de apartar. Entendi como a pequena casa era toda um lugar ocupado onde eu, subitamente, já me tinha ausente. Meu corpo ali sobejava como um galho de videira que tivesse vindo para se mostrar e se jogaria à rua imediatamente a seguir. A casa estava cheia. Era cheia deles. Cada bocadinho de vazio que eu ali poderia ver era nenhum vazio. Era cheio. Porque eles emanavam como solares, arco-íris fulgurantes, sons, uma vibração que fremia por toda a parte. Claro. Estavam apaixonados e mais felizes do que nunca, e não havia lugar para outro sentimento que não o daquela companhia intensa que se comparava a absoluta. Eu senti mesmo que não gostariam que eu estivesse junto. Que eu existisse sequer. Que estupidez, a de minha mãe e a minha, de me prestar àquela intromissão, uma invasão de um lugar e de um tempo em que a fome só se mata de um e outro. Mais ninguém. Senti vergonha como quando se é insuportavelmente ignorante, inoportuno, sem um pingo de discernimento. Deixei minha água no copo, que afastei igual a jogar também uma peça de xadrez. Fiz o gesto de me levantar, e Rosinda me estendeu a mão em sinal de me deixar sentado ainda.

Sorria. Rosinda sorria.

Pela vergonha, eu pedi perdão, que tontice estar em visita. Eu ri, corado. Era da saudade, das aflições de Mariinha, das cautelas de Julinho. Ia já embora. E ria, mais corado ainda. Queria levantar-me na encosta o mais depressa possível. Era melhor que fosse. Ia ficar tarde. Era sempre tarde. A vida tardava até ser demasiado. Eu olhei. Pouquinho e Rosinda encaravam-me igual a esperar que um carro passasse. Viam-me como quem vê um pião a acabar de rodar. Parecia que aguardavam o fim de um ruído, de uma canção que alguém tocasse. Um disco que aquelas moças pusessem para dançar até agarrando os rapazes que caminhavam por ali. Pouquinho e Rosinda sabiam de algo. Não me viam inocentes. Esperavam porque também eles haviam combinado uma tarefa para mim. E eu chegava a perder o ar. Alguma coisa naquela casa cheia, onde nenhum canto era verdadeiramente livre, onde tudo se fazia uma demasia para meu senti-mento de que nosso santo se fora embora, me dizia que aquela cumplicidade me haveria de ser insuportável. Que seria contra mim, uma forma de mais me apartar, de me retirar de meu papel antigo, agora obsceno. O que poderiam os Poucos ter para me atarefar que meu irmão não tivesse a vida inteira proferido. O que poderia meu irmão ter segredado em tantos anos de cuidado que houvesse de me dizer agora, quando todo eu era um ser de fora de sua casa, de fora de seus dias, à distância de uma hora a levantar o corpo pela encosta até ao fim. O sorriso de Rosinda era tão expresso e sapiente que me humilhava, por mais gentil e receptivo fosse.

Silenciei ao jeito de quem já morre um bocado.

Então, Pouquinho disse: quero que me tragas um filho. Felicíssimo. Quero que te deites com Rosinda e me tragas um filho. Ouve, meu irmão, só tu podes fazer isto por mim sem manchar meu pedido por desonra alguma.

Rosinda abriu seu sorriso mais ainda. Era a própria felicidade a chegar.

Naquela tarde, fui chorar por horas aninhado entre os plantios. Não queria sair de meu choro nem da terra. Queria entrar ilha adentro, abaixo do chão, até arder onde a quinhentos quilómetros as caldeiras fervem da raiva interior do mundo. Queria deixar que o corpo todo levasse a cabeça e os pensamentos a fundir ossos e sangue nas caldeiras de fogo sob nossos pés, nossas casas.

Naquela tarde, alguma coisa me parecia tão impossível que minhas próprias origens me enojavam, a escaldarem-me entre as pernas como a presença do diabo na ilha. Poderia ter cortado meu corpo ou deitado por dentro de alguma queda para que partisse em bocados, aos bocados tão pequenos que não fossem mais férteis nem para estrumar as sementeiras. Apupavam por mim. Minha mãe apupava de boca ao precipício, porque esperava notícias de meu irmão, e, quanto mais eu demorasse, maior sua preocupação com os perigos todos da vida.

Quando parei na cisterna de água, a matar a sede e afogar um pouco, contemplei meu rosto horroroso. Capturado por um pedido que me esgotaria o resto de alma. Contemplei meu rosto e, de qualquer modo, sobrevivi. Mais levantei o corpo a casa e sobrevivi, tão perto de não o querer.

Queria abraçar meu irmão, mas não poderia abraçar meu irmão. Não teria forças. Éramos tão violentamente diferentes. Que pena não ter podido perder as origens em menino. Que pena não ter podido chegar antes dele àquele lugar louco de pedir algo assim a uma criatura sem grande conteúdo como eu.

CAPÍTULO QUINZE
O FUTURO É UMA RIQUEZA UNIVERSAL

Senhora Agostinha chamara para a casa de Luisinha, e minha mãe já lá estava. Naquele dia, preparavam alguma coisa do Arraial da Capelinha, que o festeiro fizera reunião, e contava-se que haveria mais dinheiro do que nunca para mandar espalhar flores, trazer bandas de música e servir cervejas e ponchas. Era dinheiro da Venezuela, como na ilha não se ganharia jamais. Mas senhora Agostinha chamara, e, quando entrei, estavam as três mais outra que eu nem conhecia, e imediatamente se despediu e foi embora acanhada ou culpada de alguma informação. Senhora Agostinha viera de manhã com ela em caminho, e se constou que a Baronesa do Capitão mexera no testamento para me deixar herdeiro. Era constado assim. Que a mulher fora ao Funchal ao advogado para advogar no testamento que Felicíssimo dos Pardieiros, de quem nem sabia o nome direito, herdasse uma fortuna que nem cabe na imaginação do povo. Quem comprovava era senhora Bernardina, a que saíra agora mesmo. Ouviu dizer de tão de dentro do gabinete do advogado que não podia ser mentira. E minha mãe dizia: Paulinho nosso, herdeiro de uma coisa assim, senhora Agostinha, a senhora está confusa. Senhora Agostinha dizia: estou sempre, mas que foi assim a conversa, foi, que Deus seja louvado, que para mentir também não mentiria. Por um instante, minha mãe se pôs sem fôlego. Notícias com nossos nomes eram sempre aflições. Não havia grandes alegrias para contar sobre os dos Pardieiros. Melhor seria que nem se debatesse demasiado. E aquilo era certamente um atabalhoado de boatos e equívocos que dariam em nada. Minha mãe disse: talvez seja para um emprego. Paulinho nosso, há dias, foi a saber de sua promessa. E assim que venha o Capitão, poderão ter conversa para ir ao Continente. Eu, que a vida inteira sonhara com o Continente, declarei: mãe, a senhora que me perdoe, mas eu já não quero ir para outro lugar. Que faria eu sem ninguém mesmo que no meio de uma multidão.

Senhora Luisinha do Guerra, aclamando credo e Jesus, e a benzer-se e a agradecer sem saber se não estaríamos todos a preparar um sofrimento maior, dizia que era melhor fechar a boca dessa notícia, nem falar de nada aos homens, porque os homens bulhavam muito e haveriam de pedir explicações, e, pior, se houvesse sinal de alguma verdade, consumiriam por conta até ser mentira e estragarem tudo. Minha mãe concordava, e senhora Agostinha também. As três se punham em credos e Nossas Senhoras até fazerem um chá e rirem da patetice de se inventarem assuntos daqueles.

Minha mãe, amedrontada, porque conhecia muito melhor o medo do que outra coisa, não queria que eu fizesse caso. Era só jeito da maldade do mundo ser maior. Dizia: e se for assim o teu futuro, se tiver essa riqueza, melhor será. Senhora Luisinha avisava: de todo o modo, o futuro é uma riqueza universal. Vai esperar a todos.

Era o mesmo que dizer que nos daria muito tempo ainda para tanta conquista e tanta felicidade.

Senhora Luisinha perguntou: e o buzico. Eu respondi: buzico nosso, está casado em cima do mar, que aquilo é uma casa quase a partir. Eu acho que aquilo um dia navega. Senhora Luisinha, aquela casa um dia navega. E senhora Agostinha perguntava: como é. E eu contava: ai, é. Que a gente senta no banco daquela mesa e vê pela janela já só a água e o Ilhéu grande que espreita mais que uma cegonha. Se vierem aqueles peixes que saltam da água, ai, eu acho que eles saltam directo para a cozinha. É só errarem na direcção. Aquilo é no meio do caminho dos peixes, é no meio do caminho do mar. Senhora Agostinha dizia: credo, Nosso Senhor Jesus. E senhora Luisinha dizia: credo, Nosso Senhor Jesus. E minha mãe dizia: Serafim nosso, que nem sei se anda a comer, a dormir, se tem cor, se reza, se bebe a água que o doutor manda, os remédios, que ele tem tantos remédios a tomar. Ai, Virgem Santíssima, meu filho foi para tão distante que não tenho como espiar. Luisinha dizia: vigie, ele levanta-se pela encosta se for de lhe faltar alguma coisa. Que ele está educado para regressar a casa. Senhora Mariinha que não se aflija, ele está educado para regressar a casa.

Naquele instante, pobre, eu sabia que estava com Deus. Senhora Luisinha o garantia. Suas palavras eram, como tantas vezes antes, a presença claríssima de Deus entre nós. Eu lembrei. Deus é igual no campo do ouro, da prata ou do latão.

*

As Repetidas seguiam igualmente amestradas sem testemunho. Sabia-se que a Baronesa se internara por uns dias. Tinha ido para o Trapiche, mas ninguém o garantia. Talvez tivesse ido para o Continente. Podia ser que estivesse num hotel, onde faria tanto pelo seu descanso quanto num hospital. As Repetidas, na ausência da patroa, faziam uma vida mais reclusa. Ao contrário do que se bilhardava, as mulheres aprisionavam-se em preces e padeciam de tanta comoção que não queriam outra coisa senão o regresso de sua predadora de sempre. Quando as vi, acenando e pleno de compaixão, responderam ao meu aceno com um reconhecimento simples, sem novidade, apenas o respeito cristão do costume.

Via-as em suas pressas silentes, caminhava para casa a pensar que, se a Baronesa houvesse de morrer, as Repetidas ficariam como freiras depois de uma santa. Ficariam atarantadas de vazio. Tombadas sem sentido. Como os insectos que caem de costas e não se conseguem levantar sozinhos. Ficariam deambulantes, a irem embora sem terem verdadeiramente para onde ir. Eu sentia-lhes pena. Eram almas empurradas para a inevitabilidade de seu limbo. De seu abandono, como talvez todas as almas de todos nós. Com a desvantagem de as suas vidas nunca lho terem disfarçado. Eram desenganadas no que vinha por destino.

Quantas vezes prometera a Pouquinho levá-lo a ver o animal de cem lâmpadas, o bicho que competia com o sol, de inúmeras patas estendidas e iluminadas, a concentrar a voracidade de uma estrela verdadeira. Quantas vezes o adormecera a fantasiar aquele bicho eléctrico que vira por uma única vez e me fizera perder o pio. Era agarrado ao tecto da casa e poderia descer dali se quisesse. Eu dizia. Pode estender as pernas e pousar. Mas, como os morcegos, tem a natureza de ficar de cabeça para baixo. Pouquinho perguntava: achas que morde. Pode cortar-nos o pescoço, comer-nos um braço inteiro, furar um olho, abrir a cabeça, meter uma colher, devorar o juízo. Eu respondia: acho. Pode fazer isso tudo e deve poder saltar mais do que o pai quando anda atrás dos coelhos que escapam. Até de um lado ao outro do Buraco da Caldeira. Pouquinho dizia: para isso teria de ser um pássaro. Deve ser um bicho de voar, e fez ninho na casa da Baronesa. Eu respondia: deve. Deve ser um bicho de voar que a Baronesa trouxe nos porões do navio, como os cachorros melindrosos que tem. Mas tem de ter trazido quando era nascido, porque aquilo agora tem um corpo gigante e deve pesar igual a um carro. Não afunda o navio, mas também não era em qualquer caixa que se metia. Teria de ter um contentor igual ao de trazer materiais para a construção dos furados e das pontes.

Minha mãe, incontida, calando-se diante de meu pai, não pôde parar-se de me dizer: mostrarias a teu irmão aquele candeeiro. E eu disse: e a mãe também haveria de ver. Ela respondeu: ai, filho, a mãe sente que para essas coisas já está cega. Mas eu retorqui: vigie, a senhora Luisinha bem que disse que o futuro é uma riqueza universal. Se meu irmão vir um bicho de cem lâmpadas, até o meu pai lá voltará, e a mãe também vai ver. Que os seus olhos guiaram os dele. Não haverão de ficar sem saber onde está a linha do horizonte. Onde a gente mais chegar chegaremos todos, minha mãe. A senhora que pense assim. Onde a gente se chegar chegaremos todos. E se ficarmos por aqui, ficaremos nesta amplitude. Vigie, a amplitude de nossa paisagem é quase tão grande quanto o que Deus vê. Que daqui se espia tanta coisa, nem mais coisas saberíamos espiar. Para quê alguém haveria de pedir um lugar de maior vista. Que faríamos com mais coisas do que estas na vista, minha mãe. A senhora já pensou. A gente olha e nem cabe tudo no pensamento. Só podemos olhar e pensar numa coisa de cada vez, porque não se aguenta tanto que por aqui Deus veio fazer.

Minha mãe, então, pediu: e que te disse. Falaste com ele sozinho. Ela deixou que ficasses sozinho. Que disse ele. Está mais magro. Viste os remédios. Viste os olhos, as pupilas. Fala à tua mãe, meu filho. Fala. Tu achas que ele está melhor ali do que estava aqui. Ai, Senhor Jesus, Meu Deus, que me perdoe.

CAPÍTULO DEZASSEIS
DEUS COMETEU ESSE AMOR POR MIM

Ainda que o fizéssemos em segredo, embutidos nas pedras longe das casas, precavidos da passagem de alguém, em quase tempo nenhum se constou no Campanário que o Felicíssimo conhecera o corpo da cunhada para a fazer de mãe. Era o corpo de Virgem Maria, Nossa Senhora, que haveria de anunciar seu filho de um homem sem origens.

Pela cabeça de meu pai passou a ideia de me ter sido incontrolável a folia depois que me tivesse sentido abraçado na dança por uma moça doente de felicidade. Pela cabeça de meu pai ficou a ideia de que eu pervertera e me destruíra, usurpando a dignidade de meu irmão e morrendo para Deus. Ia morrendo devagar, também quando por escassas ocasiões me juntara aos homens que pediam aguardentes. Meu pai olhou as facas.

Mesmo que eu não tivesse nada a dizer. Ficava apenas mudando por interior minhas naturezas mansas à força do álcool. Valia por ser como dormir de olhos abertos. Fixando nada. Apequenado nos pensamentos, ou sem saber pensar, invalidado, um pouco paralelo a quem era, sem obrigação de me corresponder, de me atempar com o que acontecia ou deveria acontecer. Em algumas tardes de domingo, encurralado na vida do costume, por maior que fosse a esperança ou a gratidão, eu fugia pela modificação de beber. Ainda que muito pouco, porque medi o vexame e o decoro, a vida toda eu odiara aqueles homens rudes que se acumulavam em palavrões e unhas por cortar, mal-educados, sem função senão a de irem estragando tudo, piorando tudo. Não queria ser como eles. Queria apenas aguentar. Ter uma estratégia para avançar nos dias. Encontrar viagem sem sair do Campanário. Néscio. Sem a lucidez de entender que jamais poderia chegar a lugar nenhum por grandeza, por conquista, senão por fatalidade ou corrupção. E meu pai teria pensado que bebi demasiado e sentira a ilusão de ter uma moça abrigando meu corpo, completando meu corpo. Talvez porque eu também adoecesse da felicidade. O Felicíssimo que o era por enfermidade, por condenação. Por tristeza.

Nunca se vira alguém ser feliz por tão grande tristeza.

Eu quis que fosse sem demasiados gestos. Eu bem que disse: Rosinda, cubro meu rosto, deixo-me no chão estendido, cambado, e não quero ver nem conversar. Se vier algum animal para me matar, ficarei matado e não terás culpa. Só não quero ver nem mexer em nada, não falarei, não fales. E eu bem que imaginara que seria como passar uma ave por sobre o corpo. Seus dedos finos como patas de alguma ave caminhando na pele, encontrando um ninho, sentando quase sem peso, apenas uma humidade qualquer que o calor de nossa terra também fez pressa em secar.

Quando terminou, tão rápida quanto a abelha colhe o pólen, eu ainda deitei ali longamente. Feito de pudor, só atravessando um sono súbito, como se a cabeça quisesse desligar, esquecer de imediato, recusar o dia. Quem me descobrisse, haveria de pensar que o Felicíssimo dos Pardieiros dera mesmo em bêbado, acostado com o sol alto, à hora de mais fabricar. Num estertor profundo, dificultado em despertar, eu talvez preferisse não despertar mais. Deixar-me ir adentro daquela coisa nenhuma de só adormecer, onde existiam apenas sonhos imprecisos, sem compromissos, inválidos. Pensei que ia adentro do espelho. Para sempre. Largando a carne toda e a fome, largando as terras, todas as veredas e as águas de nosso mar. Eu seria a figura calada do outro lado, a que move sem emitir, apenas imitando, como um servo sem vontade, o que alguém verdadeiramente estivesse a fazer.

Há muito que se tirara de casa o espelho. Partira-se porque eu o abeirei de partir. Com um pequeno toque, sem maldade ou intenção, deslizou de sua moldura e fez seu destino. Meu pai não estava, não viu. Quando chegou de fabricar, sentou na cadeira e sentiu a fúnebre impressão de ter morrido alguém. Partira o espelho, mais do que por quebrar, mas por ir embora. Quis saber que lhe fizéramos. Se o puséramos no lixo que haveria de ser recolhido pelos carros da autarquia, lá em baixo na estrada. Sim. Assim fora. Parecia querer que o sepultássemos, levado à terra para deixar à boca dos vermes sua alma. As almas dos espelhos, contudo, não eram à boca de devorador algum. Esvaneciam sem mordedura. Passariam anos a lutar contra o esquecimento, até que o vidro também esboroasse, fosse obrigado novamente ao pó, desfeito tão mínimo que nada mais haveria de imitar senão seu desaparecimento.

Passámos a ter aquele bocado do quarto como um silêncio. Olhávamos para onde estaria o objecto e víamos seu silêncio. Uma quietude que se desimportava do que fazíamos. Era cega. Não via. Não sabia de nada. E eu lembro de pensar que assim devia ser. As coisas da casa não deviam saber do que fazemos. Ao menos, não mimeticamente, detalhe a detalhe, como obstinadas, perseguindo, caçando quem somos como invejosas, cobiçando ser quem somos. Melhor que as casas se tenham distraídas, funcionais, seguras e discretas de suas intenções. Que para as intenções do destino de uma casa devem estar as nossas. Nossas vontades e nosso esforço imperando sobre as matérias que a compõem. E meu pai olhava aquele súbito vazio, e, com o tempo, foi deixando de olhar. Pensei que era modo de regresso. Do vazio, sem mais se precipitar para dentro daquela estranha fantasmagoria de si mesmo, ele haveria de regressar por inteiro. Recuperando sua alma, a que talvez houvesse incautamente repartido com seu reflexo, sua versão fria, imaterial, invejosa, dentro do vidro.

Um dia, Mariinha considerou que ficariam ali bem algumas roupas a pender de três pregos. Pregou e passámos a ter também por aquela parede nossos panos tão usados. O que coloria um bocado aquela escuridão e afastava de vez por todas o vazio denunciador do velho espelho. Então, sim, o objecto estava definitivamente sepultado. Era fora de nossas vidas. Não desempenhava mais nenhum tipo de companhia.

Passaríamos a ver nosso rosto nos bocados de água. Sobretudo na cisterna, que era um reservatório da pura gentileza da água. Por isso, ondulávamos. Tive sempre a tentação de mergulhar a mão, fazer e desfazer o rosto, como a empurrá-lo para lá do meu pescoço, igual a arrancar minha cabeça, fantasiar que a pegaria para deitar fora, deitar a um metro, mil metros de distância, ou sustentar como outra coisa, essas que apanhamos do chão encantados com o acaso de suas formas e cores, divertidos ou surpresos com o que a natureza inventa e sugere, ou uma que pudesse deixar num nico de terra, posta num vaso, a viver sem mim. Seria bom se, em tempos, descansando, a cabeça viesse solta na água da cisterna e amainasse num vaso regado com carinho posto entre nossos vasos diante da porta de casa. Eu passaria e veria meu próprio rosto ao sol, vivendo como uma flor qualquer, sem minhas amarguras e dúvidas. Sem minhas necessidades. Então, mais do que soprar nossas flores, nossas folhas, uma a uma, como aprendêramos com senhora Agostinha, eu poderia soprar e beijar. Poderia soprar qualquer poeira e beijar meu próprio rosto que, como uma flor perfeita, sorriria. E eu viveria sem culpa.

Inclinava-me para dentro da cisterna, deitava a cara à água, e espiava com desconfiança meu olhar, enquanto bebia. As mãos em concha para funcionar de beber. Por anos, muitos anos, não vi quem era senão assim. Fugindo de onde houvesse espelhos. Recusando a necessidade de saber dessa máscara inevitável que é nosso rosto, criada à revelia de meu desejo, criada sem corte de minha faca. Quem eu era, sem ser muito, haveria de estar todo contido no que fazia.

*

Rosinda não chorou. Escutara um ínfimo gemido, uma dor de romper o que havia a romper, mas fizera sobre mim como quem fabricava também. Plantando qualquer coisa dentro de si de modo pragmático, de emoções à distância por definir ou aclarar. E eu curiosei. Arrependi de não ter aberto os olhos nem que um quase nada para ver se desgostava tanto quanto eu. Se era sofredora, triste. Fazíamos um filho tristes. E eu escutei nada. Com o tempo, esse silêncio me haveria de incomodar. Preferia ter visto Rosinda, para ter a certeza de estarmos igualmente humilhados. De estarmos igualmente arrependidos sem poder deixar de o cometer.

Oferecer um filho ao meu irmão santo, para que fosse um filho santo e abençoasse sua vida, nunca parecera certo, mas a imitação de um milagre por desmesurado amor. Talvez Rosinda se houvesse corrompido, talvez eu mesmo tivesse sido sempre corrupto, maligno, talvez eu não pudesse deixar de pensar que a mulher de meu irmão era uma mulher, por mais pequena ou envergonhada, por mais triste ou adiada, esgalgada. Era uma mulher e eu nunca conhecera nenhuma. Dormira toda a vida com Pouquinho, a tocar em seu corpo e a saber apenas de um afecto puro, fraternal. E, agora, havia Rosinda intrometendo-se em nosso afecto, a deitar com meu irmão, roubando tanto de minha vida. E eu senti que caçá-la era tão fácil quanto correr atrás dos coelhos ou das codornizes. Não podiam nada contra minhas investidas, que era enorme, estava maior que meu pai, mais de ferro por dentro, impossível de quebrar. O que eu quisesse caçar, caçaria. As mãos fortes agarrariam gado de uma tonelada. Daria conta de qualquer inimigo, por mais dócil ou espinhado. Eu não sucumbiria.

Conspiráramos sem contar. Quando encontrei Rosinda em segredo, quando ela mesma verbalizou o acordo com a ideia, naturalmente que segui recusando. Fiquei de animal pelo mato arrancando braços aos arbustos, até cortando as mãos na flora agreste. Ela também sem alegria, a explicar que sua loucura vinha de outro lugar, de outra razão, e jurando que, à noite, Pouquinho lhe contava de mim, de meu abraço e meu cuidado, de como me amava, que era seu irmão tão santo e que mais o amava como mãe.

Rosinda afagava-me o cabelo, e eu parecia tão mais pequeno do que ela, não queria que me falasse ou tocasse, e ela subitamente era poderosa sobre mim. Eu não dera conta de assim se transformar. Dizia que era sem conta, sem contar. Que conspiráramos sem contar. Não haveria intenção. A vida propunha cada coisa, como propunha agora aquilo. E eu ainda respondia confuso, porque ela mesma crescera o cabelo semelhante ao dele, e vestia as cores de terra e milho que vestia ele, e cheirava ao mesmo sem cheiro dele. Eu dizia: meu irmão santo, minha função na vida, não posso conceber agrado nenhum que não seja o seu agrado primeiro. Quero salvá-lo. Quero que esteja salvo. Não sei querer mais nada. E Rosinda procurava abraçar-me, como se me procurasse numa lonjura de mil ilhas, e não conseguia, porque eu estava em fuga para onde não conhecia. Eu mesmo não sabia. Só dizia: não posso aceitar, eu não posso aceitar. Rosinda, tu que me deixes. Tu que me deixes sem me atormentar, que eu não tenho inteligência para uma ideia destas. Eu não sou mais do que um gado de meus pais, um gado de minha família. Fabrico e sobrevivo de fabricar como um gado doméstico, domesticado, sem mais alma do que aquela que cabe aos piores miseráveis. Minha alma é só aquela que cabe aos bichos. Não te iludas com meu tamanho nem com a máscara de meu rosto. Deixa-me, Rosinda. Deixa-me, por favor, como deixarias as galinhas ou os coelhos, os porcos ou os cabritos. Deixa-me, como se deixam as coisas plantadas à espera da chuva.

Feita a ideia, ela mais se alastrou que erva daninha. Produziu em mim um formigueiro, uma dormência, às vezes, um buraco em toda a parte, onde eu caía. Era pelo corpo, porque tinha expressão física, reclamava minhas carnes, empenhava minhas carnes e meu pensamento. A fazer-me suar, passar as noites suado, revirando no colchão sem sossego, nenhuma paz. Doía na barriga, na planta dos pés, que até para calcar me custava, fosse alguma lâmina cortar-me os tendões, dividir-me um osso. A água de beber tinha fogo, descia numa labareda pelo esófago, deitava ao estômago num lago ardendo sem parar. Era por ser tão inconfessável, tão abominável, uma ideia feita de tão grande traição, que minha vergonha toda juntava sem piedade. Estás enloucada, Rosinda. Tu estás enloucada. Não te haverão de valer mil Saturninos.

*

Eu imaginei que o filho que daria a meu irmão se deitaria junto dele. Veriam o rosto um do outro como tanto eu e Pouquinho nos vimos ao adormecer e ao acordar. O filho de meu irmão sorriria e seria sua maior felicidade, porque eu lhe oferecera a maior felicidade, mesmo que em troca de meu horror. Eu imaginei que o filho que daria a meu irmão se deitaria ao seu lado e cresceria sem mácula. Uma criança salva. E teria um rosto próprio que haveria de somar nossos rostos e redimir tanto quanto não pudemos sorrir antes. Haveria de redimir tanto quanto nos foi proibido e alcançado depois de um sofrimento atroz.

Eu disse que sim. Rosinda quis combinar. Eu não combinei. Respondi que o faríamos. Não saberia quando, não saberia como. Tinha nojo. Teria nojo até ao fim. E se me arrependesse, antes ou depois de o fazermos, saltaria ao fundo de nossa Caldeira. Iria precipício ao fundo para sempre. Sem milagre. Que eu nem admitiria milagre nenhum que me salvasse. Exigiria minha condição ascorosa. Sem tréguas. Eu disse que sim e quase imediatamente me apontei ao precipício. Rosinda acudiu para me acalmar. Pensava ela que tudo daria certo. Não havia melhor do que alegrar a família com uma cria. Pouquinho teria uma cria. Seria só limpa e abençoada. Pensei em meu pai, pensei em minha mãe. Considerei minha função compensar meu irmão santo de sua condição. Eu considerei. Rosinda que me capturasse numa tarde qualquer e usasse o meu corpo e minha semente, como nós colhíamos os ovos das galinhas, insensíveis às suas esperanças, ao sagrado de suas sementes. Tu que me ordenes quando for tempo disso. Eu não quero preparar mais do que andar vivo e ser atarefado sem pensar. Atarefa-me quando for tempo disso. E tu que não me digas mais nada.

Quando acordei, ainda me senti incrédulo, com a possibilidade de estar bêbado, desperdiçado ali pelo canto da encosta sem serviço. Depois, sentado, a ver o Ilhéu, eu fiquei certo de que fertilizaria Rosinda. Fiquei absolutamente certo. Como estava ainda convencido de que nosso segredo seria rigoroso e a perplexidade do povo com a barriga da moça aconteceria deixando-me impune. Um cândido.

Levaram-me ao hospital porque eu ficara febril sem discurso.

Alguém me disse que ali estive cinco dias, mas não guardei memória de tanto tempo assim. Terei decidido ficar no lado do sono, ou terei saltado. Se me dissessem que me apanhara um tubarão, uma derrocada, os condores que voavam suas presas pelos ares, se me dissessem que o mar tropeçara e eu estava junto ao calhau, afogando sem oxigénio, eu acreditaria. Acreditaria que tivesse levado um tiro, uma facada, que o diabo tivesse rebentado de meu peito e caminhado em duas pernas vermelhas para habitar finalmente o mundo. Assim que avivei, lentamente recuperando a consciência de ser alguém, minha mãe se benzeu e pelo corredor foi chamar pessoas ocupadas comigo.

Explicaram-me que fora visitado por Luisinha, por Agostinha, pelas Repetidas, por meu pai, que não quis senão espiar da porta. Explicaram-me que a senhora Baronesa mandava recados, era triste. E que eu tivera uma tristeza tão grande que minha cabeça se recusara a ficar acordada. A enfermeira assim o dizia. Que era uma forma de cansaço. Pensavam que a partida de meu irmão justificava aquele desgosto e aquele apagamento. Mas, na verdade, ainda estava no hospital quando escutei que já se bilhardava de meu pecado. Era um nada de volume, um boato baixinho, sem certeza, a começar à experiência, como se o príncipe viesse de sapatinho ver quem poderia ser a Cinderela e, naquele instante, qualquer pessoa poderia ser. Um boato que se aproximava espiando. E minha mãe disse: vigia, o povo diz muita maldade. É o povo que diz muita maldade. E eu encolhia os ombros e escapulia para alguma distância a esconder a culpa. Meu pai olhava as facas. Minha mãe tinha medo de para onde olhar.

Tomava meus remédios, e minha mãe perguntava: o buzico andará a se tomar os remédios. Eu comia minha sopa, e minha mãe perguntava: o buzico andará a se comer a sopa. Eu ia deitar, e minha mãe perguntava: o buzico andará a se deitar.

Eu dizia: mãe, a senhora que não se preocupe. A gente vai se salvar Pouquinho nosso de todas as vezes que ele precisar.

O meu pai não dizia nada. Eu não teria coragem de lhe perguntar o que quer que fosse. Desculpei-me de adoecer. Era o pior gado da família. O mais imprestável.

Fabricava lento e desatento. Valia menos que um carneiro trabalhando. Pensava pior que uma cria de lobo. Não sabia nem por uma barbatana de baleia. Era esvaziado de tino. Desolado.

Então, levantando o corpo pela Caldeira, caminhando vereda para casa, ao chegar junto à virada da cisterna, na berma do pouco chão, uma trouxa pequena estava pousada com algum cuidado. Era um resto de roupa que se embrulhava num lençol, e eu imediatamente entendi o nó de minha mãe, o carinho com que ali juntara minhas coisas nenhumas. Senhora Agostinha acabara de entrar, e justamente a tinha cumprimentado, e eu reparei nos Pardieiros, a nossa casa acima, onde a figura de meu pai agigantara ao tamanho da encosta inteira. Maior do que trinta baleias ou cem lobos, sabendo muito mais do que trinta baleias e cem lobos, ele saberia mais do que mil deuses à mesa do xadrez, o meu pai segurava uma faca com que me abriria o corpo. Era o mesmo pai que vira quando menino. Ele nem saberia que Mariinha cometera o amor de baixar minhas coisas numa trouxa. Minha mãe cometera o amor de me avisar. Meu pai não o saberia. Estava apenas importado com minha morte, e eu deveria subir para a consumar.

Poderia ser o cordeiro pronto para sacrificar. Era certamente o cabrito pronto para consumir. Eu quis subir. O quanto me agradaria aquela lâmina separando minha carne. O quanto me faria justiça. Porque o pecador sofre de não poder ser puro. Afunda no espírito ímpio e almeja a purga sem conseguir. Aquela lâmina haveria de me purgar, oferecer o que sozinho não fora capaz de conseguir. O mais que aquela faca haveria de separar era meu demónio de meu anjo. Às metades do meu corpo, haveriam de ficar destrinçados, corrigidos, os corpos de meu demónio e de meu anjo, que se poderiam destinar a um e outro lado do coração sem mais conflituarem, sem coincidirem, sem batalha.

Eu quis muito subir para acabar. Porque eu também julgava não haver mais nada senão acabar. Afinal, o futuro não poderia valer a todos. Alguns tinham de ser chamados às oficinas celestes, onde muito se haverá de fabricar, para manter o Paraíso e os milagres derramados à nossa terra sobre a humanidade.

Eu haveria de ter préstimo na dificuldade de amar a partir da morte. Amaria nessa ausência, nesse silêncio, sem vocabulário concreto que atravessasse as dimensões e se tornasse explícito a quem sobrevivesse e buscasse em súplicas um sinal. Eu seria o mais esforçado fantasma. Daria no orvalho de cada flor nos vasos de nossa casa. Estaria tão empenhado na promessa de cuidar das flores que minha mãe entenderia que eram alumiadas por outra entidade que não o sol.

Vi meu pai e senti que algo se colocava certo naquela decisão e que meu corpo, cortando, talvez não doesse por se entregar à justiça. Meu corpo, cortando, talvez sentisse enfim a alegria que nunca pôde sentir. Chegado ao seu destino. Tendo cumprido sua fertilidade e deixando-se partir para que sua fertilidade medrasse sem humilhação.

Mas entendi que minha mãe tremia para lá da porta aberta. Jamais poderia deixar que me visse cortado. Eu pensei que Deus é exactamente como as mães. Ser-Lhe-ia insuportável ver-me morrer assim. Deus mandou que eu tomasse minha trouxa e partisse. Deus cometeu esse amor por mim.

Tomei a trouxa, e meu pai era de faca levantada diante de mim, entre o pouco de espaço no esconso da cisterna e o precipício. E meus calcanhares outra vez ficaram no limite de cair, e a trouxa me pesou, e eu silenciei tristíssimo mas também justo. Não acusaria meu pai de coisa alguma. O bom homem que fabricara vida inteira, que vida inteira nos cuidou. Meu bom pai, que tanto me ensinara e avisara. Não havia sentido que tão subitamente estivesse no lado oposto de onde estava antes, aparecendo por magia tão abaixo na encosta, encurralando-me de faca brilhando na frieza da lua. Eu disse: meu pai, o senhor que diga o que vai ser de Mariinha nossa, minha mãe. A tristeza dela vai se escutar por mil anos, meu pai.

Era ali tão pouca distância entre nós, tão chão nenhum para segurarmos os pés, que mais me pesava a pequena trouxa por me pesar na culpa. Seria sobretudo pela culpa que não me ocorria o medo. O medo, aprendi, ainda é privilégio de quem resiste a ser culpado. Por isso me tive lúcido. Frontal diante de quem me sentenciava. Limpei meu olhar de quanto havia, e via-se apenas a gratidão. Eu sabia, que senhora Luisinha me ensinara, que quem é grato é sempre feliz.

Tive a certeza de que, se houvesse de tombar ao precipício, só por milagre haveria de sobreviver. Afundar no precipício de nossa Caldeira só por milagre faria alguém sobreviver. E meu pai mais cintilou a faca à lua. E mais aproximou. Eu tive a certeza absoluta de que me cortaria para cair dali. Criei a necessidade de saber o que acontece a quem morre grato e, assim, feliz.

Fiz minha prece à hora da morte. São Bento, cuida de nosso santo e perdoa seus pecados. São Bento, cuida de minha alma e perdoa meus pecados. Minha mãe, como Deus, soterra em teu coração o tempo em que vivi. Deixa que dentro desse tempo se adubem sementes que nasçam só como alegria na lembrança. Assim que daqui eu caia, se libertem de todos quantos amo os demónios que os consomem. Para que os demónios tombem para mais fundo do que posso tombar eu.

Lembrei que cair ao fundo da ilha era como adentrar as vísceras de Deus ou do diabo. Em suas digestões, nossas almas. O mau cheiro. O longo julgamento.

As vísceras de Deus ou do diabo são um tribunal.

Descemos fundura de nossa ilha apagando o olhar e temendo pelo corpo quando o corpo deixa de ser uma evidência. Talvez seja verdade que o mais certo é diminuir-se no embate com as paredes, mesmo onde cresçam as pitangas, onde se possa ajardinar da mais pura beleza. Talvez seja verdade que a queda acelere o espírito em seu próprio túnel de transcendência e retire leitura ao mundo, ao atrito da ilha, à sua pedra e a toda sua violência. Eu diria que outros sete ou cem anos se passam a cair.

Por vezes, aqueles que amamos se corrompem de maldade, e o medo talvez seja a moeda com que o diabo lhes vai comprando a alma.

TERCEIRA PARTE
FELICÍSSIMO IRMÃO

CAPÍTULO DEZASSETE
MIL ANOS SEM NINGUÉM

Amaciei meu corte com um pouco de água e me curei sem muita demora. Comecei por pensar que mostraria caminho para o coração, certamente meu coração era tombado pelo corpo, podia estar num canto dos ossos, vazio como um balão entre as costelas ou no cóccix. Se tivesse metido a mão adentro do meu corte, talvez rearrumasse o meu interior, órgãos e saudades, as pedras do trabalho, nenúfares das sopas adornando tanta fome, tanta terra e tanto afogamento, poderia ajeitar por dentro meus mortos e lustrar meus santos e o amor que ainda era bastante, talvez até maior do que nunca. Mas deixei que o corte se fechasse. Tornou-se importante apenas que meu conteúdo se não perdesse, vertido ao chão sem valor, para ser exactamente eu quem, mil anos depois, voltaria a casa. Eu, o filho que atenderia pelo mesmo nome, o filho de mesmo pai, mesma mãe, mesmo Deus.

Fugi à Ribeira Brava e daí à Serra de Água. Encostei a uma árvore, pendurei a trouxa num galho alto, finquei os pés e acredito que tenha assim parado por mil anos.

Diante de mim a vastidão de nossa ilha, o casario rarefeito, o barulho só da passarada e do vento fraco nas copas. Por vezes, alguma dentição roía o tronco ou as folhas de melhor paladar. Acontecia nada. Para mim, era importante acontecer nada, como se sem morrer aquilo já fosse a morte e eu pudesse continuar vendo. Se me perguntassem eu diria: gostaria de já não estar aqui, mas aceitarei notícias mais tarde.

Ponderei acerca do tempo que levaria a debitar um corpo como o meu. Desligando cada pequeno ponto, enferrujando os ferros interiores, alagando o sangue pelos órgãos e a encharcar a garganta, que talvez servisse para a natação de bichos e alguns beijos de colibri. Eu imaginei que os colibris poderiam aproveitar qualquer ferida aberta, mas sobretudo a boca, essa caverna enfim calada, sem mais oferta nem espanto. Ainda que minha fuga fosse pela eternidade, uma fuga infinita, sem limite e sem aceitar negociação nem concessão, eu preparava-me para o gasto efémero do corpo. Essa pressa que ele tem em exalar sua alma, entregar-se à terra, esquecer que nos serviu. A matéria que nos serve talvez sinta. Talvez possam os ossos e a pele, o sangue e a musculatura, padecer de esperança e temor, talvez se frustrem e anseiem sem sucesso, talvez amem quem amamos, ou queiram amar outras pessoas e outros seres sem que saibamos ou sequer deixemos. Que necessidade tem o corpo em começar a apodrecer, em todos os instantes ensaia sua falência. Ainda que nos sirva, é tão facilmente contra nós. Um inimigo que domesticamos pela metade. O corpo é um suicida. Por mais motivada a alma, por mais que o encantemos, ele progride para desistir.

Mata-se. Certamente por inveja, escorraça a alma tão depressa. Tão resoluto. Que custa crer tanto tempo nos tivemos. Tanto tempo nos pertencemos. Haveremos de negar um ao outro subitamente. Afastados num amuo antipático, insanável e rude.

Meu tamanho imenso, o tamanho de meu pai, dava para ser estrutura de casas. Como as casas, eu sabia, levaria bastante a ruir.

Mil anos, contudo, passam de modo abstracto, porque ninguém consegue contar tanto tempo e manter memória. Tudo se vai perdendo numa espécie de círculo fechado, criando a impressão de regressar ao mesmo, numa repetição que opera como as canções a fazerem refrão. Uma e outra vez os mesmos pensamentos, numa espiral que talvez apenas adensasse, como uma espiral cada vez mais estreita onde as coisas todas se evocam e se esmagam umas às outras, competindo por evidência, competindo por existir. O tempo de mil anos afunila, por mais que pudesse parecer uma extensão abrindo e abrindo com generosidade e quase sem destino. O destino, contudo, impõe-se e obriga a que nossos tiques e nossas obstinações se reponham até que entendamos que a demora não mudará o sentido da vida.

Alguém deixou um prato de comida no pé da árvore. Não percebi quem se aproximou, não escutei rigorosamente nada. Era tão à distância da aldeia, tão à distância das pessoas, que ali a ilha servia para abandonos profundos talvez sem regressos. Eu não comi. Estava dentro de meus mil anos sem comer. Naquele tempo, faria nada. Era basalto branco no dorso do tronco.

*

Por vergonha, parei minhas preces. Furtava-me à humilhação de permitir que Deus, como minha mãe, pudesse saber de mim. Pensava que melhor seria estar fora de Seu toque, distante de Seu olhar, na escuridão. De que serviria um filho desonrado, subitamente ensimesmado contra tudo o que era certo. Eu preferia estar em silêncio, sem dizer o nome de Deus e sem dizer mãe ou Mariinha, sem dizer família, Pouquinho ou meu pai. Eu não queria dizer Rosinda e, contudo, amava Rosinda, minha irmã, jamais a poderia odiar. Queria estar na árvore até não estar em lugar nenhum. Contudo, sem admitir, mais queria secar do que apodrecer. Como os frutos que se podem ainda comer depois do tempo. Um fruto seco que ainda tem sabor, mata a fome, é bom. Seria como as passas, os pêssegos, as ameixas. Guardaria açúcar, como um corpo inteiro que regressa adentro de seu coração para se garantir de sobrar apenas o mais fértil e genuíno. Haveria eu de ser bom quando, como um fruto, tivesse de cair dali, depois de mil anos sozinho. Um coração que caísse à terra, fechado como uma pedra, perfeito como uma semente. Arrependido. Absolvido, enfim. Pronto para voltar a ser semeado ao peito de alguém que se corrigisse. Alguém que me redimisse. Para eu anunciar meu arrependimento e minha mais eterna gratidão.

Lentamente, a solidão explica que não tem serventia como fim. Não tem finalidade. É um lugar de passagem, igual a um corredor dentro de casa, onde não se permanece, ninguém ali dorme ou janta, ninguém instala sua festa no corredor. E eu inventei minhas companhias. O mar se encheu de animais. Navegavam abundantes de corpos levantados para que lhes visse a beleza. Olhavam-me, maiores do que baleias, maiores do que montanhas. E pelo chão peregrinavam seres reluzentes, apressados para navios que os levariam à América, ao calor da Venezuela ou para África do Sul. Eu esperei que o céu voltasse a cobrir de flamingos, como na minha infância. Tive tanta saudade de ser do tempo de Nhanho, que acompanhava meu enlouquecimento e cumprira a promessa de jamais humilhar Pouquinho. Que bom seria que estivesse aqui Nhanho e que viessem justamente agora os impossíveis flamingos. Julguei mesmo que viriam para terminar meu corpo, levá-lo num voo já sem peso. E eu seria do seu povo alado, encantado de plumas, a pairar longamente até tão longe que fosse fora do mundo. Que bom seria voltarmos ao tempo de Luisinha, e ela ainda visitar constantemente, com o balcão a vender, com seu jeito certo de nos esclarecer a bondade. Que bom quando nos dizia sobre as cartas que escrevia ou lia para nosso povo iletrado. Ao balcão, tantas vezes, Luisinha tratava do correio da freguesia, das notícias escritas que informavam de nascimentos e mortes, de contas, pedidos de dinheiro, saudades do tamanho de Cristo, promessas de regresso. As famílias da emigração por ali passavam todas, a perguntar por frases que explicassem suas vidas a quem fora para o outro lado dos mares e padecia da agrura da separação. Algumas separações foram para sempre. Que a sorte não lhes dera viagem de regresso, não lhes permitira o soldo bastante, a saúde ou a coragem. Senhora Luisinha do Guerra atempava as conversas à distância, sabia com segredo da aflição de toda a gente, talvez por isso estivesse no lugar que nem padre João haveria de estar. A Luisinha ninguém mentia, por ser a mão que deitava ao papel a saudade sincera, imperativa, de cada um. Seu espírito conhecia o que ia dentro do sangue de cada pessoa. Tinha os olhos capazes de ver a composição do ar.

Imaginei que subiam pedras adiante pelo mar e que eu poderia caminhar dali até onde quisesse. Nenhum lugar seria uma ilha se nossos pés soubessem não afundar. E eu sonhei que deitaria os passos pelo calhau e depois pela membrana tão horizontal da onda que chega à praia, e seguiria erecto mar fora, sem sequer olhar para trás. Sem despedidas, porque levaria mil anos de tristeza e preci-saria apenas de partir. Quando a tristeza é sem fim, cer-tamente só a lonjura pode almejar a ilusão de uma trégua.

Um tempo depois, havia um novo prato no lugar do primeiro que desparecera. Era uma comida fresca, cuidada, bonita na louça simples que alguém pousara sobre a pedra. Eu não saberia quantos dias levaria sem comer. Meu crime era inteiro por dentro do juízo, as coisas pequenas desmontavam-se, vivia através de dias paralelos, sóis que se levantavam por dentro da casmurrice do sangue mais do que pelo arco do céu. Mas movi e comi. Não estava interessado em parar de morrer. Julgava que poderia ter já a boca no lado do inferno. Julgava que poderia ter já a boca dos vermes, devorando apenas o que se decompõe, podre. Poderia ser que estivesse soterrado sem o saber. Mas tão bem me souberam aqueles alimentos. De um ou outro lado da vida, tão bem me souberam. E eu senti gratidão e comovi. Que boa era a vida no seu resto, que boa era a morte no seu começo, que me deixavam ainda comer e observar o que acontecia.

Regressei novamente ao lugar no tronco, onde me encostava como num berço e eu estendia, e pretendi que assim fosse até ao fim. Mas, subitamente, vozes diziam: Felicíssimo, sujo, vai fabricar. E diziam: que vergonha, Felicíssimo, um rapaz de Deus. Algumas vozes começaram a dizer: devias morrer, Felicíssimo dos Pardieiros, que pena não haveres morrido quando caíste da Caldeira. E uma senhora começou a rezar: Pai Nosso, que Estais no Céu. E eu tapei os ouvidos para que nenhuma prece me encontrasse. Fiquei torcido sobre o corpo para me esconder daquele som e impedir que Deus ou minha mãe soubessem de mim. Que vergonha, Paulinho Felicíssimo dos Pardieiros, que serviste de pai para teu sobrinho. Que vergonha, animal, tu que és o gado da família, o bicho de fabricar, porco, e te atreveste a desonrar teu irmão, e te desonras para sempre. Deus que saiba de ti.

Ai, se Deus souber de ti, ridículo, pendurado nessa árvore a feder. Tua mãe que saiba de ti.

Ai, se tua mãe souber de ti, ridículo, pendurado nessa árvore enforcado.

Enforca-te, bicho nojento. Enforca-te de uma vez, que esta beleza acontece toda para te punir. És o lado de fora da beleza. Outras vozes diziam: coitado, Felicíssimo Irmão, desce daí. Anda para minha casa que na minha casa milagramos tudo com uma sopa e o sol de amanhã. Anda, Felicíssimo dos Pardieiros. Colhe um milagre.

Por toda a parte era milagre. Ao espírito que se atira ao inferno isso se evidencia.

Por toda a parte milagrava tudo uma e outra vez, sem fim. E quem caminhava fruía da normalidade, que era sempre ter e não ter alguém ou alguma coisa. Comecei a pensar que aquilo que era de Deus não se afastava. Se

Deus houvesse de estar na escuridão, seu mundo acendia constantemente e suas dádivas persistiam, como as mães faziam. Suspeitando da presença dos filhos, as mães dispõem aqui e ali alimentos e cuidam da segurança. Enxotam os predadores, calam a vizinhança, deixam as portas apenas no trinco, baixam a televisão, não querem desaperceber nada. Como as mães, Deus fertilizava a paisagem superpotente, incansável, amoroso. Como as mães, Deus guardava a esperança terna de haver educado seus filhos para se lembrarem sempre de que jamais os abandonaria.

E o prato voltava a mudar-se. Outro prato limpo de comida e eu esperava para ter a certeza de que ninguém se escondia por perto. Comia. Mais uma vez media como haveria de ser generoso o fim da vida ou o princípio da morte. Como era generoso tal tempo com a alma destroçada que eu continha. Comi, regressei à árvore. Julguei seguir meus mil anos sem ninguém.

Um dia, pelo canto de um olho, entre os seres bizarros que se levantavam no mar, pareceu ver minha mãe navegando, nadando a custo com um braço fora de água. Segurava algo, como se mantivesse fora de água um bocado de fogo que não se pudesse apagar. Quase levantei. Quase corri para mergulhar entre minhas alucinações e desonras, para acudir minha mãe daquela navegação perigosa, onde arriscava esmagar-se por seres desmesurados, descomunais, que eram brutos em seu esplendor. Melhor auscultei as águas, mas via nada de minha mãe. Eram só sombras, cores que moviam à força do sol, da fundura, das rochas por debaixo. Eu sabia que minha cabeça febril produzia cada coisa.

Talvez produzisse a comida que me era deixada num prato. Talvez produzisse a impressão de me empoleirar. Talvez aguardasse o momento certo, quem sabe piedoso, para me entregar de vez, sem mais nada.

Eu senti que minha mãe vinha pelo mar com um prato de comida para me alimentar. Era à pressa e não cedia ao medo.

Numa manhã, uma senhora me chamou: Felicíssimo. Minha febre levara-me já para dentro. Muito para dentro de mim. E eu escutava a velha mulher e demorava a escalar meu próprio interior, onde me doía de forma estranha. Ela chamava: Felicíssimo. Encontrei seu rosto ao meu lado, junto ao lugar do prato, segurando-o. Dizia: anda. Não comeste nada estes dias. Vais ficar muito fraco. Vem. Tu que comas para a gente se conversar. E eu respondi perguntando: a senhora existe. Ando a inventar tudo. Vigie, estou a inventar o mar inteiro e aqueles que ali navegam. Já viu como são grandes. Parecem montanhas a mudarem de lugar. E ando a inventar esta luz toda, que me cansa os olhos. Vigie, tanta luz para que se veja em toda a terra, mesmo para lá da ilha, porque há lá gente a fabricar e conta com a luz para distinguir as vagens. Ainda ontem inventei muitos pássaros. Só não consigo inventar flamingos nem meu amigo Nhanho que foi para o Continente. Às vezes, invento o Continente. Cheio de pessoas e mesmo para depois de Portugal, com os países que se juntam, tanta gente diferente. Eu que invento isso tudo. Nestes mil anos vou inventar toda a Europa. Cada casa e cada rua. Cada um e cada ideia. Vou ser eu a imaginar tudo. Mesmo que tenha de me cansar. E já estou tão cansado. Aquilo que me afasta de meu irmão me faz por metade, ou por um quarto, ou só por uma mão cheia, ou só por um grão. Nem isso. A senhora que me jure que existe. Que me jure. Não me obrigue a ter de ser eu a inventá-la. Por estar cansado. E ela perguntou: e que esperas aí. E eu disse: não sei. Não posso dizer. Estou na escuridão. A senhora insistiu: diz, Felicíssimo. Diz-me o que esperas no meio de tanta coisa que a tua cabeça inventa. E eu respondi: minha mãe. Eu espero minha mãe.

Assim que a velha mulher me deitou a mão, sem aviso, suplicou: Deus te abençoe. E minha cabeça sentiu que pousara uma pedra e se ergueu na aragem soprando com a mesma leveza de uma ideia. Vi. Era uma qualquer velha mulher como tantas outras. Ao tocar minha cabeça no nome de Deus, retirou-me da escuridão. Ele imediatamente me viu. E eu curei a diferença entre a verdade e a mentira. Eu disse: tenho vergonha. Humilhei meu santo. Humilhei meu santo, minha senhora. Eu sou irmão do santo, e humilhei-o. E a velha respondeu: isso só quem sabe é teu irmão. Ele que te dirá o que foi de teu gesto. Come, Felicíssimo. Come. Eu, sem saber ainda se teria coragem, disse: obrigado por me indicar o caminho de casa. Ao menos por mo indicar, porque esse é o segredo dos bons. O sinal mais sagrado do povo de Deus.

Os que melhor prometem a Deus são aqueles que lhe conduzem os filhos a casa.

A senhora que me perdoe e aceite minha gratidão. É o resto de alegria de que sou capaz.

A velha senhora sorria e tudo estava limpo. Era um dia limpo. O nosso mar quieto, como de hábito, sem ninguém. Não saíra nunca da ilha, mas sabia que nenhuma ilha se compararia à beleza da Madeira, o berço das flores. O jardim selvagem. Jardim silvestre. Então, beijando as mãos da mulher, eu pedi: a senhora que me deixe por mais um instante. Por mais um breve instante. Eu vou deglutir meu coração e vou saber descer deste lugar. Eu desço. Depois de mil anos, eu desço.

Abri a trouxa que minha mãe fizera. Lavei o corpo num pouco de água. Vesti de limpo. Fiquei bonito de flor. Sorri. Imanente, como algures na minha vida se havia pressentido, um sentido do sagrado se fortalecia. Qualquer medo começava a sucumbir perante minha necessidade essencial de voltar a dizer Deus, mãe, pai, Pouquinho, Rosinda, Campanário, Buraco da Caldeira, os Pardieiros, Felicíssimo. Eu diria cada nome e traria em cada nome a presença de Deus. Nem que fosse para Ele vir sentenciar-me e dispor de minha alma como Lhe aprouvesse.

Olhei em redor e senti que nossa ilha, mil anos mais tarde, era mais bela ainda. Maturara. Como depois de ter ardido por sete ou cem anos, a Madeira soubera apenas ficar mais perfeita. E eu regozijei bravo para descer da montanha.

CAPÍTULO DEZOITO
O CORPO DE CRISTO

Não caminhara sequer metade da lonjura quando alguém gritou: porco, nasceu teu filho.

Meu filho. A cria de Rosinda já nascera. O filho do meu santo, de Pouquinho, meu irmão. Nosso filho complexo, inteiro, súbita criatura total. Que faria eu. O que faria eu, se o corpo me era arreliado, acossado como uma besta, a mover-se por espasmos, sem controlo. Com medo e tanta fúria que não podia ficar quieto nem demorar. Eu pensei que ia ver meu filho. Eu tinha de ir ver meu filho. Descer pela ilha toda, correr ao calhau da minha terra e ver meu filho nem que para cegar e morrer depois. Até os cachorros se obstinam por um amor assim. Eu chegaria como um cachorro, se fosse preciso, mas deitaria os olhos sobre aquela pessoa e saberia que pessoa eu agora amava sem cura.

Meus ferros todos por dentro, o corpo todo a correr sem parar. Quem me via pelas estradas ainda gritava: Felicíssimo. Felicíssimo Irmão. Conheciam que nascera a cria de Rosinda e observavam minha pressa numa compaixão estranha, ferida. Porque assinalavam que até os bichos tinham algures coração e afecto. Sofriam pelos seus. Eram tão parecidos a ser gente. Eram outros povos de Deus. Por isso, a espaços, também havia quem lembrasse que eu haveria de ser de Deus. Bastava ver-me correr em desespero ou esperança, por um amor que não vergaria perante humilhação alguma. Minha desonra inteira se prostrava naquele dia. Era com minha desonra inteira que eu corria pela ilha descendo, sem parar nem poder intuir mais nada senão a necessidade de, ao menos por uma vez, contemplar meu filho.

Quando assomei à vereda abaixo da nossa velha estrada, quando à vista da casa dos Poucos, intermitente, aparecendo e desaparecendo a cada curva, mas cavalgando minhas pernas sem hesitação nem capacidade de parar, Rosinda era descansando numa cadeira ao sol e tinha sobre o colo sua cria embrulhada. E Rosinda, incandescente num segundo, gritou: Pouquinho, teu irmão. Teu irmão. E não era um grito de medo, era um grito sem susto, um que celebrava alguma súplica atendida. Era Rosinda explicando num só grito que haviam pedido por mim, haviam sofrido por mim. E que Deus me trouxera à paisagem. Então, Pouquinho nosso, atónito, veio de dentro de casa e se espantou para de onde eu vinha, e gritou também sem palavra, começando a correr na minha direcção mais do que podia. Pouquinho não tinha forças nas pernas. Não era forte. Eu sabia que correra apenas uma vez, a fugir de um gato que se assanhara. Correra três passos, de qualquer modo. Mas ali, naquele dia, levantou-se na vereda para mim, e eu não podia impedi-lo de nada porque meu corpo não conseguia parar, e só parámos quando ambos nos abraçámos, descidos na própria terra, sem fôlego. E eu senti meu santo, meu irmão, a criatura pequena que eu tanto cuidara, cuja vida tantas vezes salvara. Senti meu santo, meu irmão, que me permitiu aquele abraço indiferente à minha desonra, exactamente como Deus, em toda a sua misericórdia, faria. Eu disse: não suporto estar na escuridão. Meu irmão. Eu não suporto estar na escuridão.

Talvez fôssemos abjectos, aberrantes, sujos sem a ínfima possibilidade de redenção, mas éramos também irremediavelmente assim, irremediavelmente juntos. Enquanto reeducávamos os pulmões, nos enchíamos um do outro, como se dentro de cada um voltasse a haver um espaço em que o outro entrava, sem ir embora. Sem jamais ir embora.

Rosinda pusera-se de pé, via quase nada de nossa demora no chão. Assim que nos levantámos, seu sorriso era ao fundo uma alvura de porcelana. Uma alvura de paz que nos deixou descer. E descemos ao encontro da mulher com nosso filho nos braços. E mesmo aquilo que não estava certo era sagrado. Era tudo sagrado.

CAPÍTULO DEZANOVE
Caminho de casa

Por toda a parte se disse que Felicíssimo Irmão correra cavalgando por quilómetros num grito contínuo pela montanha abaixo e depois Ribeira Brava até ao Campanário, ao canto da Chamorra e descendo ao calhau. Por toda a parte, quem ia de carro e se espantava, parava e gritava também e deitavam as mãos à cabeça porque nunca se vira um homem fazer tanta velocidade e parecer tão impossível de existir. E era Felicíssimo Irmão, o irmão do santo, que regressava não se sabia de onde, pois por meses se pensava que houvesse morrido na fundura de sua queda. Como era possível que vivesse ainda o pobre homem e corresse agora pelas estradas e pelas veredas na fúria de ir ver seu irmão e seu filho. Ninguém acreditava que assim era. Até assim ser e se bilhardar de boca em boca, e as pessoas começaram a telefonar-se e a apuparem pelas encostas para que cada alma soubesse do abraço longo que Pouquinho e Felicíssimo partilhavam no chão, em plena terra, emporcalhados sem se importarem, sem tempo de melhor se abraçarem dentro de casa, com outro cuidado, sem susto. Porque tudo era tão grande que fazia susto.

E perguntavam: e abraçam-se sem fim. E respondiam: sem fim. Dizem orações e promessas desse amor fraterno e estão nos braços e nas mãos um do outro chorando e celebrando a graça de viverem. E perguntavam: isso é verdade. E respondiam: é verdade e é mentira. Por mais que alguém visse e alguém contasse, não havia modo de afirmar, confirmar, garantir, jurar por aquilo, porque podia ser que não entendessem os olhos, podia ser que não soubessem ver ou alguma coisa fosse perdida no instante de virar palavra. As palavras eram tão pobrezinhas diante das evidências maiores. E o susto emudecia, emburrecia, criava tanta dificuldade em se poder prestar testemunho. Ficavam de tal maneira desconfiadas e esperançadas que houvesse um milagre a acontecer, que não podiam ficar quietas, distantes, sem receber parte do que o milagre contivesse.

Quem reconhece um milagre o aufere.

As pessoas anunciavam e seus corpos eram urgentes. Sentiam por amor e súplica, sentiam por sofrimento e redenção, sentiam por escassez e adiamento. As pessoas contabilizavam as vidas e em todas as vidas um só instante de graça valeria pela conquista da eternidade.

Incrédulas, as gentes do Campanário começaram a descer a vereda em direcção ao calhau para se assegurarem do regresso daquele homem. Todas as pessoas vinham em suas pressas, umas agarradas a bengalas, outras de mãos dadas a crianças, buzicos por toda a parte até berrando também, numa cantoria de espanto que anunciava um inexplicado evento, um milagre. E todos diziam que Pouquinho milagrara a ressurreição do irmão. Deus era abundante na nossa terra. Estava na nossa terra e o povo todo vinha de perto verificar. Até

224 *Valter Hugo Mãe*

que se formou uma multidão no calhau, a praia repleta de gente, que em suas vestes ondulava mais do que o mar, e era ali diante da casa dos Antes-de-Ontem que se escutavam suas vozes que pediam para saber se o corpo de Felicíssimo era vivo.

Escutámos as vozes da comunidade junta no calhau, que olhando pela janela se via uma linha de cabeças como se todas estivessem a boiar. Se a casa partisse, navegaria pelas cabeças das pessoas. Seria como uma ideia que lhes passasse, talvez para se esquecer mais tarde, talvez para jamais poder ser esquecida. E saímos. Eu e Pouquinho, e o espanto se distribuiu.

Para mim, depois de mil anos, tudo se colocava como a vida de sempre. Sabia já do que era voltar da fundura de nosso precipício. Não necessitava de explicação. Queria apenas derramar minha bênção sobre meu irmão, meu filho, Rosinda nossa. O povo, contudo, se ajoelhou, louvando Pouquinho. Louvando nosso santo. E eu me ajoelhei também.

Diziam tantas vezes os estrangeiros em visita que nossa ilha era o cenário do presépio. Encostas que alumiavam ao fim das tardes, tremelicando estradas fora, que as estradas mais parecem corridas a gambiarras festejando a ilha. E todas as casas eram cantinhos de nascer alguém e de se cuidar de animais, poucos, à medida de muita escassez e humildade. Por todas as casas se faziam as ordens simples de Deus. Os turistas pasmavam nos barcos a buscarem fotografias de nossas veredas e rochas, e deixavam acenos para que sentíssemos sermos belos, ou bons, talvez benignos, bastante apartados do que seria o mundo real. Com suas partidas, admiravam que pudéssemos permanecer, os ilhéus, numa lonjura que não parecia significar só espaço, parecia significar tempo, como se fôssemos do passado, de quando ninguém mais poderia ser testemunha.

O barco navegando naquela tarde se deteve bastante. Fotografando nossa encosta repleta de gente em preces, viam como Pouquinho tomara seu menino aos braços e Rosinda se alegrava junto dele, e eu acelerava o coração por tanto carinho que as pessoas todas traziam a meu santo. E estavam Luisinha do Guerra e Agostinha do Brinco, estavam senhora Dolores, casada e de mão dada com o Benedito de Pico dos Guizos, e mais a vizinhança inteira: os Cécias, as Cassianas, o Cego do Bailante, os da Porta Nova, os Brincas, as Melras, as do Submarino, os Garajaus, os Meias, os Fanchecas, os Chulata, os Pilotos, as Zazuínas, o Filho Triste, as Zaizais, as Cestas, os Patudo, os do Pão e Peixe, as do Fofo, os Falhocas, os Saquinhas, as do Bisalho, os Palmeiras, a Bernardete da Calistra, os Pintas, a Madalena Bolota, a Maria Pancada, a professora Clara, a Lídia do Salsa. Estavam as Repetidas e o padre chegando, e um a um se bendiziam de assistir à minha vida, comprovado de viver depois de novamente adentrar o precipício. Tomaram lenços ou aventais, levantaram-nos ao ar, braços elevados para fazerem um movimento de céu, e tanto me fizeram pensar nos pássaros que terão voado da ilha quando descoberta a foguearam inteira. Porque o povo acenando na vastidão de nossa paisagem era uma combustão espiritual, um incêndio deflagrando frio no fundo de nossa Caldeira. E isso tinha tanto de voo quanto de lástima. Era tão feito de alegria quanto provava que nossa alegria só sabia manifestar pelo encurralado do destino. Deixei a beira de meu irmão e fui pelo povo. Era vivo. Caminhei por entre meu povo vivo e subitamente tão calmo. Eu, acima de todos, aceitara sempre minha tristeza. Era o mais consciente de todos os felizes.

Dobrei diante de senhora Luisinha e disse: sua bênção, senhora Luísa. E ela respondeu: Deus te abençoe, meu filho. E dobrei diante de senhora Agostinha e disse: sua bênção, senhora Agostinha. E ela respondeu: Deus te abençoe, meu filho. Lavei as mãos no mar, ajoelhado diante do Ilhéu, nosso antigo campanário desfeito, e Pouquinho, levantando sua voz delicada, assistiu a todos que se sentaram no chão também e veio dizendo: não sabemos nada e estaremos sempre sem saber. A única ciência que nos assiste é a de preferirmos amar. Quem prefere o amor vive no milagre, e o milagre é em toda a parte.

Subimos, e senhora Luisinha afirmava que havia muito a se conversar. Levantados a sua casa, mais Agostinha e as Repetidas, me entregou um linho bordado a fazer de veste para o Jesus da Lapinha. Era um linho pequeno, bordado na perfeição, para cobrir o corpo da escultura simples que havia em nossa casa. Ela disse: no inverno, esfria. O menino, ainda que de barro, é humilhado pelo frio, não pela nudez, que a nudez dele é para depois do mundo. Aqui não se poderia ver.

Tomei a veste da criança de Cristo, sua espécie de terra clara, com que o cobriria, e escutei como morrera a senhora Baronesa, de boca subitamente gentil. E escutei como o Capitão não era seu marido, mas um embarcado que teria em cada porto alguma amante. Por tanta vida, se atracou ali, tanta vida regressando ao Funchal, nunca se pensara que o Capitão fosse mais uma promessa por cumprir do que um marido emigrado, como eram quase metade dos maridos que havia. A Baronesa bem que o sonhara só para si. Que o homem belo quedasse e fosse feliz ao seu lado. Mas ele era de uma felicidade dividida. Tinha o coração em partes, mulheres sem fim apaixonadas, capazes de o esperar o tempo inteiro. Não podia ficar pela ilha da Madeira. Sua natureza era ao jeito nómada. Sua maravilha vinha pela intensidade do que era breve. E senhora Baronesa vivia rica sem empecilhos. Estava tão diante daquele homem quanto punha o corpo ao sol. Era toda sob sua incidência. Esperou até não ter mais tempo para esperar. Diziam que morrera tão apaixonada que só se declarava de amores. Cheia de recados para o Capitão, quando ele houvesse de chegar, porque prometera largar o barco, entrar num avião, apressar-se para lhe responder de beijos. Mas não aconteceu. Ela mesma o sabia. Que ele não viria. Estaria tão importante nos braços de outra quanto estivera nos seus por anos, na intermitência das estadias. Quando morreu, ficou-lhe na boca o agradecimento às criadas. Disse-lhes que se cobririam de jóias e dinheiro. Ficariam cravejadas de diamantes como santas nobres. E sorriu.

Eu lembrei de como meu pai distribuía a fortuna que houvesse pelas mãos das vizinhas. De como levara tantas vezes um agrado pela encosta abaixo a quem pudesse alegrar com acudir aos preços do mundo. Tomei as mãos de senhora Luísa e disse: meu dinheiro é só este, o desejo da felicidade, o alívio das mágoas, que lhe aconteça sempre o amor dos filhos, o orgulho de os ter grandes e a graça de os ver sempre de visita a casa, o sentido da vida. O dinheiro que lhe dou não paga preços deste mundo. Mas explica este mundo e melhora a economia do outro. E tomei as mãos de senhora Agostinha e disse: meu dinheiro é só este, o desejo da felicidade, o alívio das mágoas, que lhe aconteça sempre o amor dos outros, o orgulho de jamais ter criado violência, e a graça de saber regressar a casa, o sentido da vida. O dinheiro que lhe dou não paga preços deste mundo. Mas explica este mundo e melhora a economia do outro. Tomei as mãos das Repetidas e disse: meu dinheiro é só este, o desejo da felicidade, o alívio das mágoas, que lhes aconteça o amor dos outros, o orgulho de jamais terem criado violência e a graça de saberem regressar a casa, o sentido da vida. O dinheiro que lhes dou não paga preços deste mundo. Mas explica este mundo e melhora a economia do outro. As Repetidas responderam: regressaremos agora. Felicíssimo, agora é a tua vez.

Avistei meu pai a fabricar. Eu disse: sua bênção, meu pai. E escutei em seu silêncio o resmungo perplexo, o cão de seu peito, sua dor. Meu bom pai, trabalhador, imenso homem fazendo germinar o alimento, tratando do gado. Cansado. Mesmo de ferros interiores, roldanas, uma robustez tão grande, pai nosso, Julinho, era exausto, seus olhos observavam minha serenidade. E eu pedi: pai, o senhor que se levante na encosta a casa, que eu e a mãe temos coisas novas para conversar. O bom homem pousou sua enxada e me seguiu. Vereda acima, precipício pela sombra ao fundo, um silêncio simples, alguns vizinhos distantes falando algo que se tornava imperceptível. Os animais fungando, julgando que sua passagem era hora antecipada de comer.

Cheguei à porta sempre aberta dos Pardieiros e pedi: sua bênção, minha mãe. E minha mãe chorava dizendo: Deus te abençoe, meu filho. Estava tremendo como se tremesse por mil anos, e eu supliquei que se alegrasse. Então me abraçou. Mariinha nossa perguntou: o buzico, como estará. Que ando a temer por sua falta de ar. Respira só metade. Anda muito servido de metades. Mais do que nunca, desde que tu faltaste, meu anjo. E eu sorri. Respondi: meu irmão está bem, mãe. A senhora que se acalme. Ele está bem. E ela disse: vi como foram todos veredas abaixo, tanto gritaram por mim, mas não pude ir, meu filho. Eu não pude ir. Eu a abracei e desculpei: eu sei. Minha mãe. Eu sei.

Então, abri a mão e expus a chave. Eu disse: mãe, a senhora que vá mostrar a Pouquinho nosso o animal de cem lâmpadas. Mãe, a senhora que vá curar a sua cegueira, que na casa da senhora Baronesa verá o tamanho inteiro da vida. Mas eu não quero viver ali. Não sou dali, minha mãe. Sou de longe que talvez só respire tão perto do céu. A senhora que vá, meu pai viverá comigo. Viveremos os dois nesta montanha, um como a pedra do outro. Descendo e subindo o precipício para sempre.

Mariinha, sem saber melhor, perguntou: que será de ti, meu filho, que é de ti a cair para a morte neste precipício. E eu respondi: a senhora que não se preocupe, minha mãe. Eu não morro. Não sei que tenho que não morro. E eu disse: a senhora que vá para casa. Desça a encosta, vá por seu filho e por seu neto, vão para casa. Tudo o que de melhor Deus lhe sonhou estará lá. A mim, se a senhora tiver piedade, deixe que durma aqui. Nem que seja só por mais uma noite, no colchão onde agradeci a Deus por toda a vida. A senhora que deixe, minha mãe.

Meu pai, entrando para a sombra da casa, metido para o interior mais escondido, regressou mais tarde e se deixou de calcanhares no precipício. Eu disse: não, meu pai. O senhor que deixe apenas ver como fica o mar à noite. Vigie, tão carregado de povos marinhos e, no entanto, tão aparentemente vazio. Como um caminho vazio de seda. Convenceria um ingénuo de estar arrepiado só da brisa da noite. Algumas rugas da água, sabemos bem, são resposta ao dorso dos monstros que leva dentro. Por dentro, como da pele, monstros anunciam-se à revelia do esplendor incontestável do mar. Meu bom pai. O senhor que entre. Vamos milagrar tudo com uma sopa e com o sol de amanhã.

Eu tive a certeza absoluta de que meu pai entraria, e falaríamos bastante de como tivemos medo quando doutor Paulino começou por contar que em tempos idos se paravam os pulmões de crias como Pouquinho com uma mão cobrindo-lhes a cara. Pobres crias de antigamente. Deitadas à morte pelo desgosto de não serem comuns, quando nenhum santo se define pelo comum.

Nessa noite, deitei e soube que estaríamos todos em casa. Estaríamos todos mapeados na ansiedade e no amor de Deus.

NOTA DE AUTOR

A primeira vez que escutei a senhora Luísa Reis Abreu a falar muito me impressionou seu jeito de dizer as coisas, um certo desvio em relação ao que é hábito no meu lugar de Portugal. Sua expressão genuína, diria pura, do linguajar de Campanário, aliada à sua constante gratidão pela míngua divina, deixou em mim um fascínio que, em pouco tempo, me convenceu a anotar quanto pudesse para aprender o que houvesse a aprender com uma voz tão sincera e uma fé tão inabalável.

Este livro começou a ser pensado há mais de doze anos. Sei que foi num almoço em que a senhora Luísa contou de como carregara as pedras da igreja desde o fundo da praia, no Calhau da Lapa, encosta acima, por uma lonjura tremenda que se pagava com bastante custo e mazela. Eu, que tenho vertigens e não fico confortável em cima de um miserável banco, vi a senhora Luísa, com mais de setenta anos, no cimo de um muro a apanhar figos. Por mais que eu lhe pedisse que descesse, e fosse escandalizado a avisar os filhos, ela esticava-se diante de uma queda considerável até enfadada que eu gerasse confusão por alguma coisa que fizera a vida inteira. Empoleirada naquele altíssimo muro, deitada para a frente agarrando os ramos da árvore para que lhe cedessem os frutos, a mim parecia aquilo uma cena de um filme da Marvel.

O que ouvi da pequena povoação de Campanário foi o suficiente para criar uma imagem inapagável de como seria viver naquelas encostas íngremes, onde toda a gente me parece ao dependuro de qualquer maneira, com as casas tantas vezes de carros às costas, empilhadas em pernas finas à vista do vasto oceano que eles chamam sempre de mar. Depois, bastou que me dissessem que a senhora Agostinha do Brinco, que por vezes cuidava das crianças, soprava as pedrinhas de seu jardim para lhes limpar o pó que eu imediatamente criei carinho pela ideia de transformar tudo isto num livro que guardasse, sobretudo, a gratidão e a comoção.

As Ilhas geram uma supervizinhança, uma espécie de companhia em dobro que reitera as presenças de modo que pode ser sufocante. Sobreviver à ilha é também apartar quanto se possa o que está próximo, porque tudo está demasiadamente próximo e é fundamental que algo não seja tão familiar assim, não seja do nosso jeito, não nos responsabilize, não nos ocupe. Julgo que minha obstinação com as ilhas tem que ver com tentativas vãs de lidar com a insanável, essencial, solidão. Que tanto parece acentuar-se no sentimento do ilhéu quanto também é culpada por intensificar o vizinho, criando em cada presença uma relevância que facilmente se torna intrusiva.

Nos romances recentes, decidi perseguir uma segunda tetralogia, a que chamaria *Irmãos, ilhas e ausências*, em que a companhia nem por isso conduz à superação da solidão. Com o regresso à questão portuguesa, num cenário português, sinto que nem assim interrompo uma espécie de emigração que se tem tornado mais e mais meu jeito de criar literatura. Sair do que é minha imediata identidade é ponto fundamental para me interessar o livro, para me interessar a sua meditação, para me convencer de que posso experimentar o que ainda aparenta novidade na minha imaginação.

A 10 de dezembro de 2023, quando via as últimas provas deste livro, aconteceu de a Isabel Lhano nos deixar. A Isabel, enorme pintora, representa a grande amizade da minha vida, um amor longo que inventou mil histórias inacreditáveis e que me educou para o melhor da humanidade. A insuportável sensação de vazio é apenas uma dimensão da dor. Porque sei que tudo o que lhe diz respeito na minha vida significa abundância.

Na última conversa que tivemos, feliz com vir a ser apresentadora deste livro num evento solidário na Cruz Vermelha da Trofa, contei-lhe como me comovia esta história com o que elogia o amor materno, que cobiço, que julgo que deveria ser cobiçado por todas as pessoas, desde logo, por todos os homens. Todos deveríamos amar como amam as mães, que julgo ser como Deus ama. A Isabel, fascinada, falava do Luís, o seu filho. De como o amava. Falava de como o meu livro haveria de a representar nessa necessidade de amar sempre o Luís e fazer por ele o melhor.

Agora, quero pensar que o vermelho que existe na capa desta edição lhe é uma homenagem. E quero que fique a nota de que a felicidade dela deitou sobre minha pessoa e minha memória, eu jamais pararei de estar grato e orgulhoso por isso.

Isabel, este livro também foi sempre para ti. Amo-te muito, minha amiga.

Obras de Valter Hugo Mãe

a cidade inteira, romances
o nosso reino, 2004
o remorso de baltazar serapião, 2006 (Prémio José Saramago)
o apocalipse dos trabalhadores, 2008
a máquina de fazer espanhóis, 2010 (Prémio Portugal Telecom / Prémio Oceanos)

Irmãos, Ilhas e Ausências, romances
A Desumanização, 2013
Homens Imprudentemente Poéticos, 2015
As Doenças do Brasil, 2021
Deus na Escuridão, 2024

A Proximidade Autobiográfica, romances
O Filho de Mil Homens, 2011
Contra Mim, 2020 (Grande Prémio de Romance e Novela da Associação Portuguesa de Escritores)

O Texto Infinito, ficções curtas
Contos de Cães e Maus Lobos, 2017

A Labareda Plástica, livros ilustrados
As Mais Belas Coisas do Mundo
O Paraíso São os Outros
Serei Sempre o Teu Abrigo
A Minha Mãe é a Minha Filha

Este livro, composto na fonte Silva,
foi impresso em papel Ivory Slim 65g/m², na Leograf.
São Paulo, Brasil, novembro de 2024.